MOÇA COM BRINCO DE PÉROLA

Para você, lembrança do Natal de 2005

Tracy Chevalier

Moça com Brinco de Pérola

7ª edição

Tradução
BEATRIZ HORTA

BERTRAND BRASIL

Título original: *Girl with a Pearl Earring*

Capa: Raul Fernandes, utilizando pinturas: *Moça com Brinco de Pérola* e *Paisagem de Delft*. Royal Cabinet of Paintings Mauritshuis, Haia. Cortesia de Erich Lessing/Art Resource, Nova York e Scala/Art Resource, Nova York

2004
Impresso no Brasil
Printed in Brazil

CIP-Brasil. Catalogação-na-fonte
Sindicato Nacional dos Editores de Livros, RJ.

C452m
7ª ed.

Chevalier, Tracy
Moça com brinco de pérola / Tracy Chevalier; tradução de Beatriz Horta. – 7ª ed. – Rio de Janeiro: Bertrand Brasil, 2004.
240p.

Tradução de: Girl with a pearl earring
ISBN 85-286-0957-X

1. Romance americano. I. Correa, Beatriz Horta. II. Título.

02-0306

CDD – 813
CDU – 820(73)-3

EDITORA BERTRAND BRASIL LTDA.
Rua Argentina, 171 – 1º andar – São Cristóvão
20921-380 – Rio de Janeiro – RJ
Tel.: (0xx21) 2585-2070 Fax: (0xx21) 2585-2087

Atendemos pelo Reembolso Postal.

Para meu pai

1664

Minha mãe não me contou que eles estavam vindo. Depois, disse que não queria que eu parecesse nervosa. Fiquei surpresa, porque achava que ela me conhecia bem. Estranhos poderiam pensar que eu estava calma. Não chorei como um bebê. Só minha mãe notaria meu maxilar duro, meus olhos grandes mais arregalados.

Cortava legumes na cozinha quando ouvi vozes na porta da frente de nossa casa: uma voz feminina, radiante como latão polido, e a de um homem, grave e sombria como a madeira da mesa onde eu estava trabalhando. Eram vozes que raramente ouvíamos em nossa casa. Havia nelas ricas alcatifas, livros, pérolas e peles.

Fiquei contente por ter esfregado tanto os degraus da frente.

A voz de minha mãe — uma caçarola, uma jarra — veio da sala da frente. Eles se encaminhavam para a cozinha. Afastei os alhos-porros que estava cortando, coloquei a faca na mesa, limpei as mãos no avental e apertei os lábios para acalmá-los.

Minha mãe surgiu na porta da cozinha, os olhos eram dois avisos. Atrás dela, a mulher teve de abaixar a cabeça por ser bem alta, mais do que o homem que a seguia.

Toda a nossa família, até meu pai e meu irmão, tinha baixa estatura.

A mulher parecia ter sido soprada pelo vento, embora estivesse um dia sereno. Sua touca estava torta. Por isso, pequenos cachos louros apareciam e caíam na testa dela como abelhas que ela precisou afastar várias vezes, impaciente. A gola estava frouxa e não tão engomada como deveria. Ela empurrou o manto cinza para trás dos ombros e vi então que sob o vestido azul escuro crescia um bebê. Chegaria lá pelo final do ano, ou antes.

O rosto da mulher era como uma terrina oval, às vezes vivo, outras sem graça. Os olhos eram dois luminosos botões castanhos, cor que raramente vi combinando com cabelos louros. Ela fez que ia me examinar com atenção, mas não conseguiu. Seus olhos percorreram a cozinha.

— Então, é esta a moça — concluiu ela, de repente.

— É minha filha Griet — acrescentou minha mãe. Fiz um gesto respeitoso para o casal, concordando.

— Bom, não é muito grande, será que vai ter força? — Quando a mulher virou-se para falar com o homem, a ponta do manto que vestia bateu no cabo da faca que eu estava usando, fazendo-a cair e girar no chão.

A mulher soltou um grito.

— Catharina — chamou o homem, tranqüilo. Pronunciou o nome dela como se tivesse canela na boca. A mulher fez um esforço para se acalmar.

Peguei a faca, limpei a lâmina no meu avental e tornei a colocá-la na mesa. A faca havia esbarrado nos legumes. Recoloquei um pedaço de cenoura no lugar.

O homem me olhava, seus olhos cinzentos como o mar. Tinha um rosto comprido, anguloso, de expressão firme, em comparação com a da esposa, que tremulava como a chama de uma vela. Não usava barba nem bigode, e gostei, porque isso lhe dava uma aparência limpa. Tinha um capote negro nos ombros, camisa branca e uma linda gola de renda. O chapéu apertava os cabelos que eram ruivos da cor de tijolo lavado pela chuva.

— O que você estava fazendo, Griet? — perguntou ele.

Fiquei espantada, mas sabia como disfarçar. — Estava cortando legumes, senhor. Para a sopa.

Eu sempre colocava os legumes num círculo, cada um numa parte, como fatias de torta. Havia cinco fatias: repolho roxo, cebola, alho-porro, cenoura e nabo. Usei a ponta de uma faca para fazer cada fatia e coloquei uma rodela de cenoura no centro.

O homem tamborilou os dedos na mesa. — Estão na ordem em que vão ser colocados na sopa? — perguntou, examinando o círculo.

— Não, senhor. — Fiquei constrangida. Não conseguia dizer por que tinha arrumado os legumes daquele jeito. Achei que deviam ficar assim, mas estava muito assustada para dizer isso para um cavalheiro.

— Vejo que separou os brancos — disse ele, indicando os nabos e cebolas. — Depois, o laranja e o roxo não estão juntos: por quê? — Pegou uma tira de repolho e uma rodela de cenoura e misturou-os como dados na mão.

Olhei para minha mãe, que concordou discretamente, num gesto de cabeça.

— As cores brigam quando ficam lado a lado, senhor.

Ele franziu o cenho, como se não esperasse aquela resposta. — E você gasta muito tempo arrumando os legumes antes de fazer a sopa?

— Ah, não, senhor — respondi, confusa. Não queria que ele pensasse que eu era preguiçosa.

Com o canto do olho, vi um movimento. Minha irmã Agnes estava olhando da porta e balançou a cabeça por causa da minha resposta. Eu não costumava mentir. Olhei para baixo.

O homem virou um pouco a cabeça e Agnes sumiu na porta. Ele colocou a cenoura e o repolho nas tiras correspondentes. A tira de repolho invadiu o espaço das cebolas. Tive vontade de colocá-la no lugar. Eu não sabia, mas ele sabia que eu queria fazer isso. Estava me testando.

— Chega de conversa — decidiu a mulher. Não estava gostando da atenção que ele me dava, mas foi para mim que olhou, séria. — Amanhã, então? — Olhou para o homem antes de sair da cozinha, seguida por minha mãe. O homem deu mais uma olhada no que seria a sopa, despediu-se com um gesto de cabeça e acompanhou a mulher.

Quando minha mãe voltou, eu estava sentada, usando a máquina de legumes. Aguardei que ela falasse. Ela estava com os ombros encolhidos como se enfrentasse um frio de inverno, embora fosse verão e a cozinha estivesse quente.

— Amanhã você começa como criada deles. Se for bem, vai receber oito tostões por dia. Vai morar lá.

Apertei os lábios.

— Não me olhe assim, Griet. Temos de fazer isso, agora que seu pai perdeu o ofício.

— Onde eles moram?

— Na Oude Langendijck com a Molenpoort.

— Na Esquina dos Papistas? São católicos?

— Você pode vir para casa nos domingos. Eles concordaram. — Minha mãe juntou os nabos com um pouco de repolho e cebola e jogou tudo na panela com água, no fogo.

Acabaram-se as fatias de torta que eu havia arrumado com tanto cuidado.

Subi a escada para ver meu pai, sentado à janela de frente do sótão, com o sol batendo em seu rosto. A luz era o máximo que ele podia enxergar.

Papai tinha sido pintor de azulejos, seus dedos ainda estavam manchados de azul, de pintar cupidos, donzelas, soldados, navios, crianças, peixes, flores, animais em azulejos brancos, vitrificando-os, secando-os no forno e vendendo-os. Um dia, o forno explodiu e lá se foram os olhos e o ofício. Teve sorte: dois homens morreram.

Sentei ao seu lado e segurei a mão dele.

— Ouvi, ouvi tudo — disse ele, antes que eu falasse. A audição tinha substituído a visão que lhe faltava.

Não consegui pensar em nada que não parecesse acusação.

— Desculpe, Griet, gostaria de ter feito melhor por você. — O lugar onde ficavam seus olhos, onde o doutor havia costurado a pele, parecia triste. — Mas ele é um bom cavalheiro, educado. Vai cuidar bem de você. — Papai não disse nada sobre a mulher.

— Como pode ter certeza, pai? O senhor o conhece?

— Não sabe quem ele é?

— Não.

— Lembra-se do quadro que vimos na prefeitura, alguns anos atrás, que van Ruijven estava expondo depois que o comprou? Uma paisagem de Delft, dos portões de Roterdã e Schiedam. Com o céu, que tomava grande parte do quadro e a luz do sol batendo em algumas construções.

— A tinta tinha areia para que tijolos e tetos parecessem

ásperos — acrescentei. — E havia longas sombras na água e pessoas pequenas na praia mais próximas de nós.

— Esse mesmo. — As órbitas do pai se esticaram como se ainda tivessem olhos e vissem o quadro outra vez.

Lembrava-me bem, eu estivera várias vezes naquele lugar e nunca vira Delft como o pintor.

— Aquele homem era van Ruijven?

— O mecenas? Não, não, filha. É o pintor Vermeer. Johannes Vermeer e a esposa. Você vai trabalhar como criada no ateliê dele.

Minha mãe colocou mais uma touca, uma gola e um avental nas poucas coisas que eu estava levando, de modo que todo dia eu pudesse lavar um e usar o outro, e estar sempre limpa. Ela me deu também um pente de tartaruga para enfeitar o cabelo, em forma de concha, que tinha sido de minha avó, muito fino para uma criada usar, e um livro de orações que poderia ler quando precisasse fugir do catolicismo à minha volta.

Enquanto juntávamos minhas coisas, ela explicou por que eu precisava trabalhar com os Vermeer. — Você sabia que seu novo patrão é chefe da guilda de São Lucas desde que seu pai sofreu o acidente, no ano passado?

Concordei, ainda assustada por ter de trabalhar com tal artista.

— A guilda funciona do jeito que dá. Lembra daquela caixa onde seu pai depositou dinheiro toda semana, durante anos? Esse dinheiro vai para mestres necessitados, como nós estamos. Mas é pouco, principalmente agora que Frans está como aprendiz e não recebe nada. Não temos outra saída. Não queremos caridade pública, pelo menos nos esforçaremos para não aceitar. Seu pai soube que seu novo patrão estava precisando de uma criada para limpar o ateliê sem tirar nada do lugar e então sugeriu o seu nome, achando que, como chefe da guilda e sabendo da nossa situação, Vermeer tentaria ajudar.

Pensei em tudo que ela havia dito e perguntei: — Como se limpa um lugar sem tirar nada?

— Claro que você tem de tirar as coisas, mas deve colocar de novo exatamente como se nada tivesse sido alterado. Como faz com seu pai, agora que ele não enxerga.

Depois do acidente com meu pai, aprendemos a colocar cada objeto onde ele saberia que estava. Mas fazer isso para um cego era uma coisa. E outra bem diferente era arrumar para um homem com olhos de pintor.

Agnes não me disse nada depois da visita. Quando deitei na cama ao lado da dela naquela noite, permaneceu calada, embora não me desse as costas. Ficou olhando o teto. Depois que soprei a vela, o quarto ficou tão escuro que não se enxergava nada. Virei-me para ela.

— Você sabe que não quero ir embora, mas tenho de ir.

Silêncio.

— Precisamos do dinheiro. Não temos nenhum, agora que o pai não pode trabalhar.

— Oito tostões por dia não chega a ser muito dinheiro. — Agnes tinha uma voz rouca, como se sua garganta estivesse cheia de teias de aranha.

— Vai manter a família com pão. E um pouco de queijo. Não é tão pouco.

— Vou ficar sozinha. Você está me deixando completamente só. Primeiro foi Frans, agora você.

No ano anterior, fora Agnes quem mais sofrera quando Frans saiu de casa. Os dois sempre brigaram como cão e gato, mas, quando ele foi embora, ela ficou amuada vários dias. Com dez anos, era a caçula de três filhos e sempre estivera comigo e com Frans na casa.

— A mãe e o pai continuarão aqui. Virei visitar você aos domingos. Além do mais, Frans não saiu de repente. Há anos sabíamos que nosso irmão começaria como aprendiz aos treze anos. Nosso pai economizou muito para pagar a taxa e falou sem parar que Frans aprenderia um outro lado da profissão, voltaria para casa e os dois abririam uma fábrica de azulejos.

Mas agora nosso pai ficava sentado ao lado da janela e nunca falava do futuro.

Depois do acidente com o pai, Frans passou dois dias em casa. E desde então não veio mais nos visitar. A última vez que o vi foi quando fui à fábrica do outro lado da cidade, onde ele é aprendiz. Parecia muito cansado e tinha queimaduras nos braços, sofridas ao tirar os azulejos do forno. Contou-me que trabalhava do amanhecer até tão tarde que às vezes chegava a perder a fome. "O pai nunca avisou que seria tão duro", reclamou, magoado. "Só disse que o aprendizado havia sido tudo para ele."

"Talvez tenha sido. Foi por isso que ele ficou assim", observei.

Na manhã seguinte, quando estava pronta para partir, meu pai veio à porta, arrastando os pés pelo corredor. Abracei minha mãe e Agnes. — O domingo chega logo — tranqüilizou minha mãe.

Meu pai entregou-me um lenço com alguma coisa embrulhada nele: — Isso é para você lembrar de casa, de nós — disse.

Era o azulejo dele de que eu mais gostava. A maioria dos que fizeram e revestiam nossa casa tinha algum defeito: estavam lascados, tortos ou manchados porque secaram em forno quente demais. Mas meu pai guardou aquele especialmente para nós. Mostrava apenas dois pequenos vultos, um menino e uma menina mais velha. Não estavam brincando, como as crianças costumam estar, nos azulejos. Apenas andavam e eram como Frans e eu, sempre que andávamos juntos: claro que nosso pai tinha pensado em nós quando pintou. O menino estava um pouco à frente da menina, mas virado para trás, dizendo alguma coisa. Tinha o rosto travesso e os cabelos despenteados. A menina usava touca como eu e não como a maioria, que amarra as pontas sob o queixo ou atrás. Eu gostava de uma touca branca que tinha uma barra larga em volta do rosto, cobrindo todo o meu cabelo e caindo em ponta, uma de cada lado, de forma que não se podia ver meu rosto de perfil. Eu deixava minha touca bem-engomada, fervendo-a com casca de batata.

Fui me afastando de casa, carregando minhas coisas amarradas num avental. Ainda era cedo, nossos vizinhos jogavam baldes de água nos degraus e na rua em frente de suas casas, esfregando-os. Agora, quem teria de fazer essa e muitas outras tarefas minhas era Agnes, que ficaria com menos tempo para brincar na rua e à margem dos canais. A vida dela também estava mudando.

As pessoas me cumprimentavam e me olhavam, curiosas, enquanto passava. Ninguém perguntava aonde estava indo nem fazia gentilezas. Não precisavam, sabiam o que acontecia com as famílias quando um homem perdia o ofício. Era coisa para se comentar depois: a jovem Griet virou criada, o pai fez a família se rebaixar. Mas eles não gostavam de ver, pois poderiam facilmente passar por aquilo também.

A vida inteira eu havia percorrido aquela rua, só que nunca tão ciente de estar dando as costas para minha casa. Quando cheguei ao final da rua e sumi de vista da minha família, ficou um pouco mais fácil andar firme e olhar ao redor. A manhã ainda estava fria, o céu cinza-esbranquiçado caía sobre Delft como um lençol, o sol de verão ainda não estava alto o bastante para apagar aquela cor. O canal em cuja margem eu passava era um espelho de luz branca com toques verdes. Quando o sol ficasse mais forte, o canal escureceria, ficando da cor do limo.

Frans, Agnes e eu costumávamos sentar à beira do canal e jogar coisas na água (seixos, galhos; uma vez, um azulejo quebrado), imaginando que no fundo não encontrariam peixes, mas criaturas da nossa fantasia, com muitos olhos, escamas, mãos e barbatanas. Frans inventava os monstros mais interessantes. Agnes era a mais assustada. Eu sempre acabava com a brincadeira, muito propensa a ver as coisas como elas deviam ser e não inventar o que não existia.

Havia alguns barcos no canal, navegando em direção à Praça do Mercado. Mas não era dia de mercado, apesar de os barcos serem tantos que não se enxergava o canal. Um barco levava peixes de água doce para as barracas da ponte Jerônimo. Outro vinha carregado de tijolos, com água pelas beiradas. O homem que conduzia o barco gritou, cumprimentando-me. Apenas fiz um gesto e abaixei a cabeça para que a borda da minha touca escondesse meu rosto.

Atravessei uma ponte sobre o canal e virei para o espaço amplo da Praça do Mercado, que, mesmo àquela hora, estava agitada, com pessoas atravessando de um lado para outro, rumo a alguma tarefa: comprar carne no Mercado de Carne ou pão na padaria, levar madeira para pesar na Casa do Peso. As crianças iam à rua para os pais; os aprendizes para seus mestres, as criadas para seus patrões. Cavalos e carruagens passavam em tropel no piso de pedra. À minha direita estava a prefeitura, com sua fachada de mármore branco e dourada, olhando do alto das janelas. À minha esquerda estava a Nova Igreja, onde eu havia sido batizada, dezesseis anos antes. Sua torre comprida e estreita me lembrava uma gaiola de pedra. O pai uma vez nos levou até lá no alto. Jamais esquecerei a vista de Delft: cada pequena casa de tijolo vermelho e telhado inclinado, o canal verde e o portão da cidade ficaram marcados para sempre na minha memória, pequenos, porém nítidos. Naquele dia, perguntei a meu pai se todas as cidades holandesas eram daquele jeito, mas ele não sabia. Nunca tinha ido a nenhuma outra cidade, nem mesmo a Haia, que ficava a duas horas a pé.

Andei até o centro da praça. Lá, as pedras foram colocadas formando uma estrela de oito pontas dentro de um círculo. Cada ponta indicava uma parte de Delft. Achava que ali era o centro da cidade e o centro da minha vida. Frans, Agnes e eu tínhamos brincado na estrela desde que pudemos correr até o mercado. Nossa brincadeira preferida era escolher uma ponta, dizer o nome de alguma coisa (cegonha, igreja, carrinho de mão, flor) e correr naquela direção procurando por aquela determinada coisa. Foi assim que exploramos quase toda Delft.

Mas havia uma ponta em que nunca estivéramos: nunca fui à Esquina dos Papistas, onde moravam os católicos. A casa em que eu ia trabalhar ficava a dez minutos de casa, tempo que uma caçarola de água levava para ferver, mas nunca passei por lá.

Não conhecia nenhum católico. Não havia muitos em Delft e nenhum na nossa rua, nem nas lojas que freqüentávamos. Não que os evitássemos, mas eles eram muito reservados. Eram aceitos em Delft, mas não se esperava que demonstrassem sua fé abertamente. Realizavam seus ofícios religiosos discretamente, em lugares simples que por fora não pareciam igrejas.

Meu pai tinha trabalhado com católicos e me disse que eles não eram diferentes de nós. O máximo que se podia dizer é que eram menos sérios. Gostavam de comer, beber, cantar e jogar. O pai falou isso quase como se os invejasse.

Naquela hora, eu seguia a ponta da estrela para onde nunca tinha ido, atravessando a praça mais devagar do que os outros, pois relutava em deixar os lugares que conhecia tão bem. Atravessei a ponte sobre o canal e virei à esquerda para o Oude Langendijck. À esquerda, o canal ficava paralelo à rua, separando-a da Praça do Mercado.

Na esquina em que a rua cruzava com a Molenpoort, quatro meninas estavam sentadas num banco ao lado da porta aberta de uma casa. Tomaram uma ordem por tamanho: da mais velha, que devia ter a idade de Agnes, à caçula, que devia ter uns quatro anos. Uma das meninas do meio segurava um bebê no colo, grandinho, já devia engatinhar e logo estaria andando.

Cinco filhos, pensei. E esperando mais um.

A menina mais velha fazia bolhas de sabão soprando numa concha com uma haste na ponta, brinquedo parecido com um que meu pai fizera para nós. As outras pulavam e estouravam as bolhas que surgiam. A menina com o bebê no colo não podia se mexer muito e alcançava algumas bolhas, apesar de estar sentada ao lado da que soprava. A caçula era a mais distante e menor, não tinha chance de alcançar as bolhas. A segunda era a mais rápida, corria e apertava as bolhas nas mãos. Tinha o cabelo da cor mais forte das quatro, ruivo como a parede de tijolo atrás dela. A caçula e a que estava com o bebê tinham cabelo cacheado e louro como o da mãe, enquanto a mais velha tinha o mesmo ruivo escuro do pai.

Olhei a menina do cabelo ruivo pegar as bolhas, estourando-as antes que batessem nos azulejos cinzentos e brancos colocados em diagonal na frente da casa. Ela vai ser difícil, pensei. — É melhor você estourar antes que batam no chão — sugeri. — Senão, vai precisar limpar os ladrilhos outra vez.

A mais velha abaixou a haste onde soprava. Quatro duplas de olhos me olharam de um jeito que não deixava dúvidas de que eram irmãs. Vi vários traços dos pais nelas: olhos acinzentados aqui, castanhos claros lá, rostos angulosos, movimentos impacientes.

— Você é a nova criada? — perguntou a mais velha.

— Mandaram a gente esperar você — interrompeu a menina ruiva, antes que eu pudesse responder.

— Cornélia, vai chamar Tanneke — mandou a mais velha.

— Vá você, Aleydis — disse Cornélia para a caçula, que arregalou os olhos para mim, mas não se mexeu.

— *Eu* vou. — A mais velha deve ter achado que a minha chegada era importante, afinal.

— Não, *eu* vou. — Cornélia pulou e correu na frente da irmã mais velha, deixando-me sozinha com as duas meninas mais caladas.

Olhei para o bebê que batia braços e pernas no colo da menina. — É seu irmão ou irmã?

— Irmão — respondeu a menina com uma voz macia como um travesseiro de plumas. — O nome dele é Johannes, mas nunca chame de Jan. — Fez a recomendação como se fosse um refrão conhecido.

— Sei. E você, como se chama?

— Lisbeth. E esta é Aleydis. — A caçula sorriu para mim. As duas estavam arrumadinhas, de vestido marrom com aventais e toucas brancas.

— E sua irmã mais velha?

— Maertge, nunca chame de Maria. Nossa avó é Maria. Maria Thins. Esta casa é dela.

O bebê choramingou. Lisbeth montou-o no joelho, para cima e para baixo.

Olhei a casa. Sem dúvida, era maior que a nossa, mas não tanto quanto eu temia. Tinha dois andares e mais um sótão, enquanto a nossa tinha apenas um quarto e um pequeno sótão. Era uma casa de final de rua, com a Molenpoort de um lado, um pouco mais espaçosa do que as outras. Parecia menos apertada que muitas casas de Delft, que eram coladas umas às outras em estreitas fileiras de tijolo às margens dos canais, com suas chaminés e tetos inclinados refletidos na água verde do canal. As janelas térreas da casa eram bem altas, e no primeiro andar havia três janelas juntas, em vez de duas como nas demais casas da rua.

Da casa, via-se a torre da Nova Igreja do outro lado do canal. Uma estranha vista para uma família católica, pensei. Uma igreja onde jamais entrariam.

— Então você é a criada, não? — ouvi alguém perguntar, atrás de mim.

A mulher na porta tinha um rosto largo, com marcas da varíola que tivera há tempos. Seu nariz era grande e irregular e seus grossos lábios se apertavam formando uma boquinha. Os olhos eram azul claros, como se ela tivesse um toque de céu neles. Estava de vestido marrom com camisa branca, uma touca bem apertada na cabeça e um avental não tão limpo quanto o meu. Ficou parada na porta de modo que Maertge e Cornélia tiveram de empurrá-la para ficar ao seu lado, olhando-me de braços cruzados como se esperassem um desafio.

Ela já se sente ameaçada por mim, pensei. Se deixar, vai me tiranizar.

— Meu nome é Griet — falei, olhando-a de frente. — Sou a nova criada.

A mulher mudou o peso do corpo de uma perna para a

outra. — Então é melhor entrar — concluiu logo. Afastou-se para o interior escuro para dar passagem na porta.

Entrei.

Sempre me lembro dos quadros, na primeira vez que entrei na sala da frente. Parei na porta, segurando minha trouxa, e olhei. Já tinha visto quadros, mas nunca tantos num só lugar. Contei onze. O maior era de dois homens, quase nus, lutando. Não identifiquei nenhuma história bíblica e achei que devia ser algum tema católico. Os outros quadros eram de coisas mais conhecidas: pilhas de frutas, paisagens, navios no mar, retratos. Pareciam ser de vários pintores. Fiquei pensando qual deles seria do meu novo patrão. Nenhum era como eu esperava que ele pintasse.

Mais tarde, descobri que eram todos de outros pintores, ele raramente mantinha seus quadros na casa. Além de artista era comerciante de arte, e havia quadros em quase todos os cômodos da casa, até no que eu dormia. No total, eram mais de cinqüenta, embora o número variasse, conforme ele os vendia.

— Venha, não precisa ficar olhando. — A mulher andou rápido por um comprido corredor que percorria um lado da casa até os fundos. Fui atrás dela até virar de repente para um quarto à esquerda. Na parede em frente havia um quadro que era maior que eu. Mostrava Cristo na cruz, rodeado pela Virgem Maria, Maria Madalena e São João. Tentei não olhar, mas me impressionei com o tamanho e a cena. Meu pai tinha dito que os católicos não eram muito diferentes de nós. Mas nós não tínhamos aqueles quadros em nossas casas, em igrejas nem em lugar algum. Eu ia ter que ver aquele quadro todos os dias.

Sempre chamei aquele lugar de quarto da Crucificação. Nunca me senti bem lá.

O quadro me deixou tão espantada que só percebi a mulher no canto quando ela falou. — Bem, menina, algo novo para você ver — disse ela. Estava numa cadeira confortável, fumando um cachimbo. Os dentes que seguravam o cachimbo tinham escurecido e os dedos estavam manchados de tinta. No resto, era impecável: seu vestido negro, sua gola de renda, sua touca branca engomada. O rosto enrugado era duro, mas seus olhos castanho-claros pareciam simpáticos.

Era o tipo da velha que parecia que ia viver mais que todo mundo.

De repente, pensei: é a mãe de Catharina. Não era apenas por causa da cor dos olhos e da mecha castanha que escapou da touca, igual à filha. Tinha o jeito de alguém acostumado a lidar com pessoas menos capazes do que ela, de cuidar de Catharina. Entendi por que tinha sido levada para ela e não para a filha.

Embora parecesse me olhar distraída, estava atenta. Quando apertou os olhos, percebi que sabia tudo que eu pensava. Virei a cabeça de forma que minha touca escondesse meu rosto.

Maria Thins deu uma baforada no cachimbo e riu. — Está bem, menina. Aqui, seus pensamentos ficam para você. Quer dizer então que vai trabalhar para minha filha. Ela agora está fora, foi fazer compras. Tanneke vai lhe mostrar a casa e explicar suas tarefas.

— Sim, madame. — Concordei.

Tanneke tinha ficado ao lado da senhora e passou por mim. Segui-a, com os olhos de Maria Thins batendo nas minhas costas. Ouvi ela rir outra vez.

Tanneke me levou primeiro para os fundos da casa, onde havia uma cozinha, uma lavanderia e duas despensas. A lavanderia abria para um pequeno pátio cheio de roupas brancas secando.

— Para começar, essa roupa precisa passar — disse

Tanneke. Fiquei calada, embora parecesse que a roupa ainda não estava bem seca pelo sol do meio-dia.

Ela me levou aos fundos e apontou um buraco no chão de uma das despensas, com uma escada para descer. — Você dorme aqui — anunciou. — Ponha suas coisas lá e venha.

Relutante, deixei minha trouxa cair naquele pequeno buraco sombrio, pensando nas pedras que Agnes, Frans e eu jogávamos no canal para acertar nos monstros. Minhas coisas fizeram um som surdo no chão sujo e me senti como uma macieira perdendo sua maçã.

Segui Tanneke pelo corredor, para onde se abriam todos os quartos, muito mais quartos que em nossa casa. Ao lado do quarto da Crucificação, onde estava Maria Thins, na frente da casa, havia um quarto menor com camas de crianças, penicos, mesinhas e cadeirinhas com vários objetos de barro, castiçais, espevitadeiras e roupas, uma bagunça.

— As meninas dormem aqui — resmungou Tanneke, talvez sem graça com aquela confusão.

Voltou para o corredor e abriu a porta de um quarto grande, onde a luz vinha das janelas da frente e batia no chão de ladrilhos vermelhos e cinzentos. — O grande cômodo. Aqui dormem o patrão e a senhora — disse ela.

A cama de dossel tinha cortinas de seda verde. Havia outros móveis no quarto: um grande armário com entalhe de ébano, uma mesa de madeira branca encostada nas janelas com várias cadeiras de couro espanhol ao redor. Mas, outra vez, foram os quadros que me espantaram. Havia mais quadros naquele quarto que em qualquer outro lugar. Contei, em silêncio, dezenove. A maioria, retratos, parecia ser de membros das duas famílias. Tinha também um quadro da Virgem Maria e outro dos reis magos adorando o Menino Jesus. Olhei os dois, meio sem jeito.

— Agora, vamos subir. — Tanneke tomou a frente na escada íngreme e colocou um dedo sobre os lábios fechados, pedindo silêncio. Subi fazendo o mínimo barulho possível e quando cheguei no alto olhei em volta e vi uma porta fechada. Atrás dela, um silêncio que eu sabia ser dele.

Fiquei com os olhos pregados na porta, sem ousar me mexer, caso se abrisse e ele saísse.

Tanneke inclinou-se e sussurrou: — Você vai limpar lá dentro, a jovem patroa explica depois. E esses quartos — apontou para as portas nos fundos da casa — são da minha patroa. Só eu entro lá para arrumar.

Descemos em silêncio outra vez. Quando estávamos na lavanderia, Tanneke disse: — Você vai lavar toda a roupa da casa — e apontou um monte de roupas muito mal lavadas. Eu ia trabalhar bastante para colocar o serviço em dia. — A cozinha tem uma cisterna, mas é melhor você pegar água no canal, que é bem limpa nesta parte da cidade.

— Tanneke, você fazia tudo isso sozinha? Cozinhar, limpar e lavar para a casa toda? — perguntei, baixinho.

Escolhi as palavras certas.

— Tudo, *além* de algumas compras — Tanneke estava orgulhosa da própria competência. — Claro que a jovem patroa faz a maior parte das compras, a não ser carne e peixe quando está carregando um filho. O que acontece com *freqüência* — acrescentou ela, num sussurro. — Você terá de ir ao Mercado de Carne e às barracas de peixe também. É outra de suas tarefas.

Dito o quê, ela me deixou com a roupa para lavar. Contando comigo, havia dez pessoas na casa, uma delas um bebê que deveria sujar mais roupas que todos os demais. Eu teria de lavar roupa todos os dias, minhas mãos ficariam rachadas e ásperas com o sabão e a água; meu rosto, vermelho por causa do vapor das roupas na fervura, minhas costas doídas de carregar roupa molhada, e meus braços queimados pelo ferro. Mas eu era jovem e nova na casa, esperava-se que fizesse o trabalho mais árduo.

As roupas precisavam ficar de molho um dia antes de serem lavadas. Na mesma despensa que levava ao porão, encontrei dois baldes de estanho e uma chaleira de cobre. Peguei os baldes e percorri o longo corredor até a porta da frente.

As meninas estavam sentadas no banco. Lisbeth soprava as bolhas de sabão enquanto Maertge dava pão amolecido no leite para o bebê Johannes. Cornélia e Aleydis corriam atrás das bolhas. Quando apareci, elas ficaram paradas me olhando, à espera.

— Você é a nova criada — declarou a menina ruiva.

— Sim, Cornélia.

Cornélia pegou um seixo e jogou do outro lado da rua, no canal. Estava com o braço todo arranhado, deveria ter perseguido o gato da casa.

— Onde vai dormir? — perguntou Maertge, enxugando os dedos redondinhos no avental.

— No porão.

— Nós gostamos do porão — disse Cornélia. — Vamos brincar lá agora!

Ela entrou, mas não foi longe. Como ninguém a acompanhou, voltou e ficou emburrada.

— Aleydis — chamei, estendendo a mão para a caçula. — Pode me mostrar como pegar a água do canal?

Ela segurou minha mão e me olhou. Seus olhos eram como duas moedas cinzentas e brilhantes. Atravessamos a rua, com Cornélia e Lisbeth atrás. Aleydis me levou até uma escada que descia para o canal. Descemos e apertei a mão dela, como fiz anos antes com Frans e Agnes sempre que ficávamos perto de água.

— Não pise na água — avisei Aleydis, que, obediente, deu um passo atrás. Mas Cornélia estava bem nas minhas costas quando carreguei os baldes na escada.

— Cornélia, ajuda-me a carregar a água? Senão, fique com suas irmãs.

Ela me olhou e fez o pior: se tivesse ficado brava ou gritado, eu saberia como controlá-la. Mas caçoou.

Dei um tapa no rosto dela. Ficou vermelho, mas ela não chorou. Subiu correndo a escada. Aleydis e Lisbeth me olharam, sérias.

Tive a nítida impressão de que com Cornélia seria igual à mãe, embora não pudesse estapeá-la, pensei.

Enchi os baldes e carreguei-os até o alto da escada. Cornélia havia sumido. Maertge continuava sentada com Johannes. Levei um dos baldes para a cozinha onde acendi o fogo, enchi a chaleira de cobre e coloquei a água para esquentar.

Quando voltei, Cornélia estava na frente da casa outra vez, com o rosto ainda rosado. As meninas brincavam com piões sobre os ladrilhos cinza e branco. Nenhuma delas me olhou.

Estava faltando o balde que deixara. Olhei para o canal e vi que ele estava flutuando emborcado, longe da escada.

— É verdade, você vai ser difícil — murmurei. Procurei um galho para pescar o balde, mas não achei. Enchi outra vez o primeiro balde e levei para dentro da casa, virando a cabeça para as meninas não verem meu rosto. Coloquei o balde ao lado da chaleira no fogão. E saí com uma vassoura.

Cornélia estava jogando pedras no balde, certamente esperando afundá-lo.

— Vou dar outro tapa, se você não parar com isso.

— Vou contar para a nossa mãe. Criadas não batem na gente. — Cornélia jogou outra pedra.

— Posso dizer a sua avó o que você fez?

Cornélia ficou amedrontada. Jogou no chão as pedras que tinha.

Um barco estava passando pelo canal, vindo da prefeitura. Reconheci o homem que vira naquela manhã: tinha entregue sua carga de tijolos e o barco seguia bem mais rápido. Sorriu quando me viu.

Corei. — Por favor, senhor, pode me ajudar a pegar aquele balde? — pedi.

— Ah, agora que precisa de mim, está me olhando, não? Que mudança!

Cornélia me olhou, curiosa.

Engoli em seco. — Daqui não alcanço. Talvez o senhor consiga.

O homem inclinou-se, pegou o balde, despejou a água e esticou-o para mim. Desci a escada correndo para pegar. — Muito obrigada. Agradeço muito.

Ele segurou o balde. — É só o que eu ganho? Nem um beijo? — perguntou ele, puxando a manga do meu vestido. Arranquei o braço e tomei o balde dele.

— Desta vez, não — falei do melhor jeito que pude. Nunca fui boa nessas conversas.

Ele riu. — Toda vez que passar aqui vou procurar baldes, está bem, mocinha? — perguntou ele, piscando para Cornélia. — Baldes e beijos. — Pegou o remo comprido e seguiu com o barco pelo canal.

Quando subi a escada para a rua, percebi um movimento na janela do meio, no primeiro andar, o quarto onde ele estava. Olhei, mas só consegui ver o céu refletido nas vidraças.

Catharina voltou enquanto eu estava no pátio tirando as roupas do varal. Primeiro, ouvi suas chaves tilintando no corredor. Elas ficavam numa grande penca presa abaixo da cintura, batendo em sua coxa. Para mim, aquilo parecia desconfortável, mas ela usava com muito orgulho. Depois, ouvi sua voz na cozinha, dando ordens a Tanneke e ao menino que carregara as compras. Foi ríspida com os dois.

Continuei a recolher e dobrar lençóis, guardanapos, fronhas, toalhas de mesa, camisas de homem e de mulher, aventais, lenços, golas, toucas. Tinham sido dependuradas sem cuidado, amontoadas. Por isso, algumas roupas ainda estavam umidas. E não haviam sido esfregadas, tinham manchas em toda parte. Eu teria que passá-las quase o dia inteiro para que ficassem apresentáveis.

Catharina surgiu na porta, parecendo acalorada e cansada, embora o sol ainda não estivesse no auge. Sua camisa saía, amarfanhada, por baixo do vestido azul, e o avental verde, de casa, já estava amarrotado. Seu cabelo louro parecia mais ondulado que nunca, principalmente porque não usava uma touca para amansá-lo. Os cachos travavam uma luta com os pentes que os prendiam num coque.

Parecia que ela precisava sentar um instante à margem do canal, onde a vista da água poderia acalmá-la e refrescá-la.

Eu não sabia direito como tratá-la: nunca havia trabalhado como doméstica, nem nunca tivéramos uma em casa. Não havia criadas na nossa rua. Ninguém tinha dinheiro para isso. Coloquei as roupas dobradas numa cesta e cumprimentei-a:

— Bom-dia, madame.

Ela franziu o cenho e entendi que devia ter deixado que ela falasse primeiro. Teria de tomar mais cuidado com ela.

— Tanneke mostrou a casa? — perguntou.

— Sim, madame.

— Bom, então você sabe o que é para fazer e vai fazer. — Hesitou, como se ficasse sem palavras e concluí que sabia tanto ser patroa quanto eu ser criada. Tanneke devia ter sido treinada por Maria Thins e ainda obedecia as ordens dela, independentemente do que Catharina dissesse.

Eu teria de ajudá-la sem parecer que estava ajudando.

— Tanneke explicou que, além da roupa, a senhora quer que eu compre a carne e o peixe — comuniquei, gentilmente.

Catharina alegrou-se. — Isso, ela vai com você quando terminar de lavar a roupa. Depois, você passará a ir sozinha. E fará outras coisas na rua que eu precisar — acrescentou.

— Sim, madame. — Esperei. Como ela ficou quieta, fui tirar uma camisa de linho do varal.

Catharina olhou a roupa. — Amanhã — anunciou enquanto eu dobrava a camisa — vou mostrar onde você precisa limpar lá em cima. Bem cedo, a primeira coisa do dia. — Antes que eu pudesse responder, ela sumiu dentro de casa.

Depois de recolher as roupas, encontrei o ferro, limpei-o e coloquei-o no fogo para esquentar. Estava começando a passar roupa quando Tanneke me entregou uma sacola de compras. — Vamos à barraca do açougueiro. Preciso da carne logo — disse. Tinha ouvido seus passos na cozinha e senti cheiro de nabo assando.

Na frente da casa, Catharina estava sentada no banco, com Lisbeth num banquinho a seus pés e Johannes dormindo num berço. Penteava o cabelo de Lisbeth e procurava piolhos. Ao lado dela, Cornélia e Aleydis costuravam. — Não, Aleydis — disse Catharina —, aperte mais o ponto, está muito solto, mostre para ela, Cornélia.

Não imaginei que elas pudessem ficar tão calmas juntas.

Maertge veio correndo do canal. — Vão ao açougueiro? Posso ir também, mamãe?

— Só se ficar com Tanneke e obedecer.

Gostei que Maertge viesse conosco, Tanneke ainda estava

cheia de dedos comigo, mas Maertge era alegre e facilitaria a aproximação.

Perguntei a Tanneke há quanto tempo trabalhava para Maria Thins.

— Ah, muitos anos, comecei pouco antes de o patrão e a jovem senhora se casarem e virem morar aqui. Era pouco mais velha que você. Por falar nisso, quantos anos você tem?

— Dezesseis.

— Comecei com catorze — contou Tanneke, orgulhosa. — Passei a metade da minha vida aqui.

Eu não me orgulharia. O trabalho tinha feito com que parecesse mais do que os vinte e oito anos que tinha.

O Mercado de Carnes ficava logo atrás da prefeitura, a sudoeste da Praça do Mercado. Dentro havia trinta e duas barracas; durante várias gerações, Delft tivera trinta e dois açougueiros. Ficava cheio de donas-de-casa e criadas escolhendo, negociando e comprando para suas famílias e de homens carregando carcaças de animais de um lado para outro. A serragem no chão absorvia o sangue, grudava nos sapatos e na barra dos vestidos. Havia um cheiro de sangue que sempre me enjoava, apesar de ir lá toda semana, com o qual já devia ter me acostumado. Mas fiquei contente por estar num lugar que conhecia. Quando passamos pela barraca do açougueiro com quem costumávamos comprar (antes do acidente com meu pai), ele me chamou. Sorri, aliviada por ver um rosto conhecido. Foi a primeira vez que sorri naquele dia.

Era estranho conhecer tanta gente e ver tantas novidades numa manhã e tudo isso ser separado de todas as coisas que faziam parte da minha vida. Antes, se conhecia uma pessoa nova, estava cercada por minha família e vizinhos. Se fosse a um lugar novo, estaria com Frans ou com meus pais e não sentiria medo. Antes, o novo estava entremeado com o antigo, como o cerzido em uma meia.

Logo que iniciou seu aprendizado, Frans me disse que quase fugira, não por causa do trabalho árduo, mas por não agüentar a estranheza de cada dia. Ficou lá porque sabia que nosso pai gastara todas as economias pagando a inscrição de aprendiz e o mandaria de volta, se ele fosse para casa. Além disso, ele encontraria muito mais estranheza no mundo, se fosse para outro lugar.

— Virei visitar você quando estiver sozinha — falei baixinho para o açougueiro. E corri para o lado de Tanneke e Maertge.

Elas tinham parado numa barraca mais distante. O açougueiro era um homem bonito, louro, de cabelos grisalhos e cacheados, olhos azuis-claros.

— Pieter, esta é Griet — apresentou Tanneke. — Ela agora vai comprar a carne para nós. Ponha na nossa conta, como sempre.

Tentei olhar para ele, mas, sem querer, reparei no avental respingado de sangue. Para vender, nosso açougueiro só usava avental limpo, mudando-o sempre que sujava.

— Ah. — Pieter me olhou como se eu fosse uma galinha gorda que estava pensando em assar. — O que vai querer hoje, Griet?

Consultei Tanneke com os olhos. — Dois quilos de costeleta e meio de língua — mandou ela.

Pieter sorriu. — E o que acha disso, senhorita? — perguntou a Maertge. — Não sou eu que vendo a melhor língua de Delft?

Maertge concordou e riu quando olhou para a exposição de pernis, costeletas, línguas, pés de porco e salsichas.

— Você vai ver, Griet, que tenho a melhor carne e os preços mais honestos do mercado — observou Pieter enquanto pesava a língua. — Não vai ter do que reclamar.

Olhei para o avental dele e engoli em seco. Pieter colocou as costeletas e a língua na minha cesta, piscou o olho para mim e virou-se para servir outro freguês.

Depois, fomos às barracas de peixe, que eram ao lado do Mercado de Carne. Gaivotas voejavam sobre as barracas, esperando as cabeças de peixe e os miúdos que os peixeiros jogavam no canal. Tanneke me apresentou ao peixeiro deles, que também não era o mesmo nosso. Eu tinha de alternar as compras: um dia, carne; no outro, peixe.

Saímos do mercado e não tive vontade de voltar para a casa, para Catharina e as crianças no banco. Queria a minha casa. Subir os degraus da cozinha da minha mãe e entregar a cesta cheia de costeletas. Não comíamos carne há meses.

Quando voltamos, Catharina estava penteando o cabelo de Cornélia. Não me deram atenção. Ajudei Tanneke a fazer o jantar, virei a carne na grelha, arrumei a mesa no grande cômodo, cortei o pão.

A carne ficou pronta e as meninas entraram, Maertge ficou com Tanneke na cozinha, enquanto as outras sentaram no grande cômodo. Eu tinha acabado de colocar a língua sobre o barril de carne numa das despensas (Tanneke deixara do lado de fora e o gato comera quase tudo) quando ele chegou, parando na porta no final do longo corredor, de chapéu e capa larga. Fiquei parada e ele também, iluminado por trás, de modo que não pude ver seu rosto. Não sabia se ele estava no corredor olhando para mim. Um instante depois, sumiu no grande cômodo.

Tanneke e Maertge serviram o almoço enquanto cuidei do bebê na sala da Crucificação. Quando Tanneke terminou, ficou comigo: comemos e bebemos o mesmo que a família (costeletas, nabos, pão e canecas de cerveja). Embora a carne vendida por Pieter não fosse melhor que a do nosso açougueiro, constituía-se um sabor bem-vindo, depois de tanto tempo. O pão era de trigo e não o preto e mais barato que comíamos; a cerveja não era tão aguada quanto a nossa.

Não esperei a família terminar aquele almoço. Por isso, não o vi. De vez em quando, ouvia a voz dele, geralmente falando com Maria Thins e, pelo tom que usavam, se davam bem.

Depois do almoço, Tanneke e eu tiramos a mesa, varremos a lavanderia, a cozinha e as despensas. As paredes dessa parte da casa eram revestidas de azulejos brancos, e a lareira, de azulejos azuis e brancos de Delft, com pássaros numa parte, navios na outra e soldados na terceira. Olhei-os com atenção, mas nenhum tinha sido pintado por meu pai.

Fiquei o resto do dia passando roupa na lavanderia, às vezes parava para atiçar a lareira, cortar lenha ou entrar no pátio para fugir do calor. As meninas brincavam dentro e fora de casa, às vezes entravam para me olhar e mexer no fogo, outras para arreliar Tanneke quando a encontravam dormindo na lavanderia, com Johannes engatinhando em volta dos pés dela. As crianças estavam um pouco sem jeito, talvez achassem que eu fosse estapeá-las. Cornélia ficou brava comigo e não vinha muito na cozinha, mas Maertge e Lisbeth pegaram as roupas que eu tinha passado e guardaram para mim no armário do grande cômodo. A mãe estava dormindo lá. Tanneke me confidenciou que, um mês antes da chegada do bebê, Catharina ficava na cama quase o dia todo, cercada de travesseiros.

Após o almoço, Maria Thins subiu para seus aposentos, mas, por uma vez, ouvi-a no corredor e vi que estava na porta me olhando. Não disse nada, de forma que voltei a passar roupa e fiz de conta que ela não estava lá. Um instante depois, com o canto do olho, vi-a fazer um gesto de aprovação e sair arrastando os pés.

Ele estava com uma visita no ateliê, e ouvi duas vozes masculinas subindo a escada. Mais tarde, os dois desceram e saíram pela porta da frente. O homem que estava com ele era garboso e tinha um penacho no chapéu.

Ao entardecer, acendemos velas. Tanneke e eu comemos pão, queijo e cerveja com as crianças na sala da Crucificação, enquanto os outros comiam língua no grande cômodo. Tive o cuidado de sentar de costas para a cena do crucificado. Estava tão cansada que mal conseguia pensar. Em casa, eu também trabalhava muito, mas não era tão exaustivo como numa casa estranha, onde tudo era novo e eu estava sempre tensa e séria. Em casa, eu ria com minha mãe, Agnes ou Frans. Lá, não havia ninguém para rir comigo.

Ainda não tinha ido ao porão onde deveria dormir. Peguei uma vela, mas estava cansada demais para procurar uma cama, travesseiro e lençol. Deixei a tampa do alçapão aberta para que entrasse ar fresco, tirei os sapatos, a touca, o avental e o vestido, fiz uma oração rápida e deitei. Ia soprar a vela quando percebi um quadro dependurado aos pés da minha cama. Sentei, bem acordada. Era outro retrato de Cristo na cruz, menor que o de cima, mas ainda mais perturbador. Sofrendo, Cristo tinha a cabeça jogada para trás e, aos pés dele, Maria Madalena revirava os olhos. Deitei com cuidado, sem conseguir despregar os olhos do quadro. Queria, mas não ousava. Finalmente, soprei a vela, não podia desperdiçar cera logo no primeiro dia na nova casa. Deitei outra vez, com os olhos fixos onde sabia que estava o quadro.

Dormi mal naquela noite, apesar de tão cansada. Acordei várias vezes e olhei o quadro. Embora não pudesse ver nada na parede, todos os detalhes estavam fixos na minha cabeça. Finalmente, quando começou a amanhecer, o quadro apareceu outra vez e tive certeza de que a Virgem Maria estava me olhando.

Levantei de manhã e tentei não olhar para o quadro; fui ver o que tinha no porão sob a fraca luz que vinha da janela da despensa, em cima. Não havia muito o que ver: pilhas de cadeiras revestidas de tapeçarias, algumas cadeiras quebradas, um espelho e mais dois quadros (naturezas-mortas), encostados na parede. Será que alguém notaria se eu substituísse a Crucificação por uma natureza-morta?

Cornélia perceberia. E contaria para a mãe.

Eu não sabia o que Catharina (nem nenhum deles) achava de eu ser protestante. Era uma sensação curiosa ter consciência disso. Eu nunca me havia sentido excluída até então.

Fiquei de costas para o quadro e subi a escada. As chaves de Catharina tiniam na frente da casa e fui encontrá-la. Ela vinha devagar, como se estivesse meio dormindo, mas fez um esforço para andar quando me viu. Subiu lentamente a escada comigo, agarrada ao corrimão para içar sua barrigona.

Chegamos à porta do ateliê, ela procurou a chave na penca, destrancou e abriu-o. A sala era escura, com as cortinas fechadas, eu só podia ver um pouco pelas tiras de luz que passavam entre as cortinas. Havia um cheiro forte e limpo de óleo de linhaça que lembrava as roupas de meu pai quando vinha da fábrica de azulejos, à noite. Era um cheiro misturado de madeira com presunto recém-cortado.

Catharina ficou na soleira da porta. Não ousei entrar antes dela. Após uma espera esquisita, ela disse: — Abra as cortinas. A da esquerda não, só a do meio e a outra. E só a parte inferior da janela do meio.

Atravessei a sala, desviando-me de um cavalete e uma cadeira, e fui até a janela do meio. Abri a parte inferior e as cortinas. Não olhei para a tela no cavalete, não enquanto Catharina me olhava da porta.

Uma mesa estava encostada na janela da direita, com uma cadeira no canto. O encosto e o assento da cadeira eram de couro com flores e folhas amarelas marcadas a fogo.

— Não tire nada do lugar lá — repetiu Catharina. — É isso que ele está pintando.

Mesmo se ficasse na ponta dos pés, não conseguiria alcançar a parte de cima da janela e das cortinas. Teria de subir numa cadeira, mas não queria fazer isso na frente dela. Ela me deixava nervosa, aguardando na porta que eu cometesse algum erro.

Pensei no que fazer.

O bebê me salvou: começou a choramingar, lá embaixo. Catharina ficou impaciente e, enquanto eu pensava no que fazer, ela foi atender Johannes.

Rápida, equilibrei-me na beira da cadeira, abri a janela de cima e as cortinas. Olhei a rua lá embaixo e vi Tanneke esfregando os ladrilhos na frente da casa. Ela não me viu, mas um gato atrás dela, andando pelo chão molhado, parou e olhou para cima.

Abri a janela de baixo, as cortinas, e desci da cadeira. Alguma coisa mexeu à minha frente e fiquei gelada. A coisa parou. Era eu mesma, refletida num espelho na parede entre as duas janelas. Olhei-me. Embora tivesse uma expressão ansiosa e culpada, meu rosto estava cheio de luz, o que fazia minha pele brilhar. Olhei, surpresa, e me afastei.

Dava tempo de examinar a sala. Era grande, quadrada, não tão comprida quanto o grande cômodo de baixo. Com as janelas abertas, era claro e arejado, de paredes caiadas e piso de mármore quadrado cinza e branco, os mais escuros formando cruzes. O rodapé era revestido de azulejos de Delft com desenhos de cupidos para proteger de nossas limpezas a parede caiada. Os azulejos não eram de meu pai.

Embora a sala fosse ampla, tinha poucos móveis: o cavalete e a cadeira na frente da janela do meio e a mesa na frente da janela no canto direito. Além da cadeira onde subi, havia outra ao lado da mesa, de couro simples preso com tachas de metal e duas cabeças de leão esculpidas nos encostos. Na parede ao fundo, atrás da cadeira e do cavalete, havia um pequeno armário de gavetas fechadas, tendo em cima vários pincéis, uma espátula e paletas limpas. Ao lado do armário, uma escrivaninha com papéis, livros e impressos. Mais duas cadeiras cabeça-de-leão estavam encostadas na parede perto da porta.

Era uma sala arrumada, sem a confusão das coisas cotidianas. E era diferente do resto, quase como se estivesse numa outra casa. Com a porta fechada, era difícil ouvir os gritos das crianças, o tilintar das chaves de Catharina, as nossas vassouras varrendo.

Peguei minha vassoura, balde de água e pano de limpeza, e comecei. Primeiro, o canto que estava sendo pintado, onde sabia que não podia tirar nada do lugar. Ajoelhei na cadeira para limpar a janela que abri com esforço e, num canto, a cortina amarela, tocando bem de leve para não alterar suas dobras. As vidraças estavam sujas e precisavam ser esfregadas com água morna, mas não sabia se ele queria que limpasse. Tinha de perguntar a Catharina.

Limpei as cadeiras, polindo as tachas de metal e as cabeças de leão. Fazia algum tempo que não se limpava a mesa direito. Alguém tinha passado um pano em volta dos objetos que estavam sobre ela (um pincel de pó-de-arroz, uma tigela de estanho, uma carta, um pote de cerâmica preto, um pano azul caindo na beirada da mesa), mas eles precisavam ser retirados para que ficassem bem limpos. Como disse minha mãe, eu teria de achar um jeito de tirar as coisas e colocá-las de volta exatamente no mesmo lugar, como se não tivessem sido tocadas.

A carta estava perto do canto da mesa. Se eu colocasse o polegar num lado do papel e o indicador no outro e levantasse a carta com o dedinho apoiado na beira da mesa, poderia limpar embaixo e recolocá-la na mesma altura da minha mão.

Peguei a beirada com os dois dedos e prendi a respiração, tirei a carta, limpei e recoloquei tudo, rápido. Não sei por que achei que devia fazer rápido. Tomei distância da mesa e olhei: a carta parecia estar no mesmo lugar, embora só ele pudesse saber direito.

E, se aquela mesa era para ser meu teste, era melhor fazer.

Tendo a carta como referência, medi com a mão a distância até o pincel de pó-de-arroz e segurei em vários pontos de um lado do pincel. Tirei-o, limpei o lugar onde estava, recoloquei e medi o espaço entre ele e a carta. Fiz a mesma coisa com a tigela.

Foi assim que limpei tudo sem parecer tirar nada do lugar. Medi cada coisa em relação aos objetos em volta e o espaço entre eles. As coisas pequenas em cima da mesa foram fáceis; os móveis, mais difíceis: usei os pés, os joelhos, às vezes os ombros e o queixo para limpar embaixo das cadeiras.

Não sabia o que fazer com o pano azul amontoado sobre a mesa. Não poderia refazer perfeitamente as dobras, se mexesse nele. Por isso, deixei lá, esperando que por um ou dois dias ele não percebesse, até eu descobrir um jeito de limpar.

Com o resto da sala, não precisei ter tantos cuidados. Limpei, varri e esfreguei (o chão, as paredes, as janelas, os móveis) com a satisfação de arrumar uma sala que precisava de uma boa limpeza. Na outra ponta da sala, oposta à mesa e janela, havia uma porta que abria para um quarto de despejo cheio de quadros e telas, cadeiras, arcas, pratos, urinóis, um porta-casaco e alguns livros. Limpei tudo lá também e deixei mais arrumado.

Evitei limpar em volta do cavalete. Não sabia por que, ficava nervosa de ver o quadro no cavalete. Até que não havia mais o que fazer. Limpei a cadeira na frente do cavalete e comecei a passar o pano nele, tentando não olhar o quadro.

Bati o olho no cetim amarelo e tive de parar.

Continuava olhando o quadro, quando Maria Thins falou.

— É diferente, não?

Não a ouvi chegar. Ficou na porta, meio curvada, com um lindo vestido preto e uma gola de renda.

Eu não sabia o que dizer e não consegui evitar: olhei para o quadro.

Maria Thins riu. — Você não é a única pessoa que esquece o que fazer quando fica na frente de um quadro dele, menina. — Ela se aproximou e ficou ao meu lado. — É, ele pintou muito bem. Esta é a esposa de van Ruijven. — Lembrei-me do nome: era o mecenas que meu pai havia citado. — Não é bonita, mas ele fez com que ficasse. Vai valer um bom preço — acrescentou ela.

Como era o primeiro quadro dele que eu via, sempre lembro mais que dos outros, mesmo daqueles que acompanhei da primeira pincelada até os retoques finais.

Uma mulher estava na frente de uma mesa, olhando para um espelho na parede, de forma que era vista de perfil. Usava um rico casaquinho de cetim amarelo debruado de arminho branco e um elegante laço de cinco pontas no cabelo. Uma janela iluminava-a pela esquerda e a luz batia no rosto dela e traçava a delicada curva de sua testa e nariz. Ela estava colocando um colar de pérolas no pescoço, com as pontas para cima, as mãos suspensas no ar. Distraída consigo mesma no espelho, não parecia perceber que alguém a olhava. Atrás dela, numa parede branca, havia um velho mapa e, em primeiro plano, no escuro, a mesa com a carta, o pincel de pó de arroz e as outras coisas que eu havia limpado.

Gostaria de usar o casaquinho e as pérolas. Queria conhecer o homem que a pintara daquele jeito.

Pensei em mim mesma, olhando meu reflexo no espelho pouco antes e me envergonhei.

Maria Thins parecia satisfeita de estar contemplando o quadro comigo. Era estranho olhá-lo tendo as coisas em volta. Por causa da limpeza, eu conhecia todos os objetos na mesa e a relação entre eles: a carta no canto, o pincel casualmente ao lado da tigela de estanho, o pano azul amontoado em volta do pote escuro. Tudo parecia exatamente igual, só que mais limpo e mais nítido. As coisas pareciam fazer pouco da minha limpeza.

Então, vi uma diferença. Prendi a respiração.

— O que foi, menina?

— No quadro, a cadeira ao lado da mulher não tem o encosto com cabeças de leão — notei.

— Não. Havia um alaúde sobre a cadeira, mas ele muda muita coisa. Não pinta exatamente o que vê, mas o que combina. Diga, menina, acha que o quadro está pronto?

Olhei-a. A pergunta devia ser um truque, mas eu não podia imaginar nenhuma mudança para melhor.

— Não está? — hesitei.

Maria Thins riu. — Ele está trabalhando há três meses. Imagino que vá ficar ainda mais dois. Vai mudar as coisas, você vai ver. — Olhou em volta. — Terminou sua limpeza, não? Então, pode ir, menina, faça as outras tarefas. Ele vai chegar logo para ver o que você fez.

Olhei o quadro pela última vez, mas, depois de prestar tanta atenção nele, achei que alguma coisa me escapara. Era como olhar uma estrela à noite no céu: se olhasse uma de frente, mal conseguiria ver, mas, se olhasse com o canto do olho, ela ficaria bem mais brilhante.

Peguei minha vassoura, balde e pano. Quando saí do quarto, Maria Thins ainda estava na frente do quadro.

Enchi os potes com água do canal e coloquei-os no fogo. Depois fui procurar Tanneke. Estava no quarto onde as meninas dormiam, ajudando Cornélia a se vestir, enquanto Maertge ajudava Aleydis. Lisbeth se vestia sozinha. Tanneke não estava de bom humor, olhou para mim só para me ignorar e eu precisava falar com ela. Então, fiquei bem de frente. Assim, ela era obrigada a me ver. — Tanneke, agora vou às barracas de peixe. O que você quer hoje?

— Cedo assim? Costumo ir mais tarde. — Ela ainda não tinha olhado para mim. Punha laços brancos de cinco pontas no cabelo de Cornélia.

— Enquanto a água esquenta, fico sem nada para fazer. Por isso pensei em ir agora — respondi, simplesmente. Não disse que as melhores partes eram vendidas cedo, mesmo se o açougueiro ou o peixeiro prometessem separar para a família. Ela devia saber disso. — O que quer que traga?

— Hoje, nada de peixe. Vá ao açougue e peça pernil de carneiro. — Tanneke terminou os laços. Cornélia pulou e me empurrou quando passou por mim. Tanneke virou-se e abriu uma arca, procurando alguma coisa. Olhei suas costas largas, apertadas no vestido marrom-acinzentado.

Estava com ciúme de mim. Eu tinha limpado o ateliê,

onde ela não podia entrar e onde ninguém, pelo que parecia, podia entrar, exceto eu e Maria Thins.

Quando Tanneke se levantou, estava com um gorro na mão e disse: — O patrão me pintou, sabia? Despejando o leite de um jarro. Todo mundo disse que era o melhor quadro dele.

— Gostaria de ver o quadro. Ainda está aqui? — perguntei:

— Ah, não, van Ruijven comprou.

Pensei um instante. — Então um dos homens mais ricos de Delft tem o prazer de olhar você todos os dias.

Tanneke sorriu, seu rosto marcado de varíola ficou ainda mais largo. As palavras certas mudaram o humor dela na hora. Eu só precisara encontrar as palavras.

Virei-me para sair antes que o humor azedasse.

— Posso ir com você? — perguntou Maertge.

— Eu também? — ajuntou Lisbeth.

— Hoje, não — respondi, firme. — Vocês têm que comer e ajudar Tanneke. — Não queria que virasse um hábito o fato de as meninas me acompanharem. Eu usaria aquilo como prêmio para me darem atenção.

Além disso, estava com vontade de andar sozinha pelas ruas conhecidas, sem ter um lembrete de minha nova vida falando do meu lado. Quando entrei na Praça do Mercado, deixando a Esquina dos Papistas, respirei fundo. Não tinha percebido que estava sempre tensa com a família.

Antes de ir à barraca de Pieter, parei no açougueiro que conhecia, que acenou ao me ver. — Até que enfim resolve conversar! O que houve, ontem estava importante demais para gente como eu? — caçoou.

Comecei a explicar minha nova situação, mas ele me interrompeu. — Claro que eu sei, todos comentam: a filha do azulejeiro Jan foi trabalhar para o pintor Vermeer. E um dia depois vejo que ela já está cheia de orgulho para falar com os velhos amigos!

— Não tenho nada do que me orgulhar. Virar criada. Meu pai está com vergonha.

— Seu pai não teve sorte. Você não tem culpa de nada. Não precisa se envergonhar, minha cara. Exceto, claro, por você não estar comprando carne da minha barraca.

— Não tenho escolha. É a patroa quem resolve.

— Ah, é? Vai me dizer que não compra com Pieter por causa do belo filho dele?

Fiquei séria. — Não conheço o filho dele.

O açougueiro riu. — Vai conhecer, vai. Quando encontrar sua mãe, diga para falar comigo. Vou separar um pacote para ela.

Agradeci e passei pelas barracas até chegar na de Pieter. Ele pareceu espantado ao me ver. — Já? Não conseguiu esperar mais para comprar daquela língua?

— Hoje, quero pernil de carneiro, por favor.

— Escute, Griet, aquela não foi a melhor língua que você já comeu?

Não quis fazer o elogio que pedia. — Os patrões comeram e não disseram nada.

Atrás de Pieter, um jovem virou-se: estava cortando um bife numa mesa no fundo da barraca. Devia ser o filho, pois, embora fosse mais alto que o pai, tinha os mesmos olhos azuis. Seu cabelo louro era comprido e cacheado, emoldurando um rosto que me fez pensar em damascos. Só seu avental cheio de sangue era desagradável de olhar.

Os olhos dele pousaram em mim como uma borboleta numa flor e tive de enrubescer. Pedi carneiro outra vez, olhando para o pai dele. Pieter procurou no meio da carne da barraca e me deu um pernil, colocando-o na balança. Dois pares de olhos me observavam.

O pernil estava cinzento nas bordas. Cheirei a carne.

— Não está fresco — falei, de repente. — A patroa não vai gostar que você pense que a família dela vai comer uma carne dessas. — Meu tom era mais altivo do que eu pretendia. Talvez precisasse ser.

Pai e filho me olharam. Enfrentei o olhar do pai, tentando ignorar o do filho.

Finalmente, Pieter disse ao filho: — Pegue aquele pernil que está ao lado da carroça.

— Mas está guardado para... — Pieter, o filho, parou de falar. Sumiu e voltou com outro pernil, que logo vi ser muito melhor. Aceitei: — Este, sim.

Pieter, o filho, embrulhou o pernil e colocou-o na minha cesta. Agradeci. Quando me virei, vi o olhar que os dois trocaram. Mesmo naquela época, eu sabia o que significava e o que iria significar para mim.

Quando voltei, Catharina estava sentada no banco amamentando Johannes. Mostrei o pernil e ela aprovou. Ia seguir e ela disse, baixinho: — Meu marido foi ao ateliê e disse que a limpeza estava boa. — Não olhou para mim.

— Obrigada, madame. — Entrei, olhei uma natureza-morta com frutas e lagosta e pensei então que eu ia ficar na casa mesmo.

Passei o resto do dia como se fosse o primeiro e como seriam todos os seguintes. Depois de limpar o ateliê e ir às barracas de peixe ou ao Mercado de Carne, ia para a lavanderia, um dia separando as roupas, deixando de molho e tirando as manchas, outro esfregando, enxaguando, fervendo e torcendo antes de dependurar para secar e torcer no final do dia, mais um dia para passar, consertar e dobrar. A certa altura, eu sempre parava para ajudar Tanneke com a refeição do meio-dia. Depois que limpávamos tudo, eu tinha tempo livre para descansar e costurar no banco da frente ou no pátio dos fundos. Depois que terminava o que tinha de fazer de manhã, ajudava Tanneke a preparar a refeição vespertina. A última coisa que fazíamos era lavar o chão mais uma vez para que estivesse limpo de manhã.

À noite, cobria a Crucificação que ficava aos pés da minha cama com o avental que tinha usado durante o dia. Dormia melhor assim. No dia seguinte, colocava o avental junto com as roupas para lavar.

Catharina abriu a porta do ateliê na manhã seguinte e perguntei se devia limpar as janelas.

— Por que não? — respondeu, áspera. — Não precisa perguntar coisas bobas.

— Por causa da luz, madame — expliquei. — Se eu limpar a janela, pode mudar o quadro, não?

Ela não entendia. Não entrava ou não podia entrar na sala para ver o quadro. Parece que nunca havia entrado. Quando Tanneke estivesse de bom humor, eu perguntaria por quê. Catharina desceu a escada para perguntar a ele e, lá de baixo, me falou para não limpar as vidraças.

Quando eu arrumava o ateliê, nada indicava que ele tivesse estado lá. Não havia nada fora do lugar, as paletas estavam limpas, o quadro parecia igual. Mas eu sentia que ele havia estado.

Eu o vi poucas vezes nos dois primeiros dias que passei na casa na Oude Langendijck. Ouvi a voz dele na escada, no corredor, brincando com as crianças, falando suave com

Catharina. Ao ouvir, era como se estivesse andando à beira de um canal, insegura de meus passos. Não sabia como iria me tratar em sua casa, se daria atenção ou não para os legumes que eu picava na cozinha.

Nenhum cavalheiro demonstrou tanto interesse por mim.

Fiquei frente a frente com ele no terceiro dia na casa. Pouco antes do jantar, fui buscar um prato que Lisbeth tinha deixado fora e quase caí sobre ele, que carregava Aleydis pelo corredor.

Dei um passo para trás. Ele e Aleydis me olharam com os mesmos olhos cinzentos. Ele sorriu e não sorriu para mim. Era difícil olhar nos olhos dele. Pensei na mulher olhando para si mesma no quadro lá de cima, usando pérolas e cetim amarelo. Ela não teria qualquer dificuldade para encarar um cavalheiro. Quando consegui levantar os olhos, ele não estava mais me olhando.

No dia seguinte, vi a mulher do quadro. Na volta do açougue, um casal seguia à minha frente na Oude Langendijck. Na nossa porta, ele se virou para ela, fez uma reverência e seguiu. Seu chapéu tinha um penacho branco, devia ser o visitante de alguns dias antes. Do perfil que vi de relance, notei que usava bigode e tinha um rosto gordo para combinar com o corpo. Ele sorriu como se fosse dizer um elogio que não era sincero. A mulher entrou na casa antes que eu pudesse ver seu rosto, mas vi o laço vermelho de cinco pontas no cabelo dela. Esperei na porta até ouvir que tinha subido a escada.

Mais tarde, estava separando algumas roupas no armário do grande cômodo e ela desceu. Levantei-me quando entrou: vinha trazer o casaco amarelo e ainda estava com o laço no cabelo.

— Ah! — exclamou ela. — Onde está Catharina?

— Foi com a mãe à prefeitura, madame. Cuidar de assuntos da família.

— Sei. Então falo com ela num outro dia. Vou deixar isso aqui para ela. — Colocou o casaco na cama e o colar de pérolas por cima.

— Sim, madame.

Não conseguia tirar os olhos dela. Senti como se estivesse vendo e não vendo. Era uma sensação estranha. Ela era, como Maria Thins havia dito, não tão bonita como com a luz do quadro. Mas era bonita, porque, pelo menos, se lembrava dela no quadro. Enigmática, olhou como se devesse me conhecer, já que eu a olhava com tal familiaridade. Consegui baixar os olhos. — Darei o recado, madame.

Ela concordou, mas parecia confusa. Olhou as pérolas que estavam sobre o casaco. — Acho que vou deixar isso no ateliê com ele — disse, pegando o colar. Não me olhou, mas sabia que estava pensando que não se devia confiar na combinação criadas e pérolas. Depois que saiu, seu rosto ficou como um perfume.

No sábado, Catharina e Maria Thins levaram Tanneke e Maertge ao mercado na praça para comprar legumes para a semana, além de pregos e outras coisas para a casa. Gostaria de ir com elas, pensando que veria minha mãe e minha irmã, mas disseram para ficar em casa com as meninas pequenas e o bebê. Era difícil impedir que elas corressem para o mercado. Eu poderia levá-las, mas não ousava sair da casa desacompanhada. Ficamos vendo os barcos subirem e descerem o canal a caminho do mercado, cheios de repolhos, porcos, flores, madeira, farinha, morangos, ferraduras. Na volta, vinham vazios, com os barqueiros contando dinheiro ou bebendo. Ensinei às meninas jogos que eu fazia com Agnes e Frans e elas me ensinaram os que tinham inventado. Faziam bolhas de sabão, brincavam com bonecas e pulavam corda enquanto eu ficava no banco com Johannes no colo.

Cornélia parecia ter me perdoado o tapa. Estava alegre e simpática, ajudava com Johannes, obedecia-me. — Pode me ajudar? — perguntou ela quando tentou subir num barril que os vizinhos tinham deixado na rua. Seus olhos castanho-claros eram grandes e inocentes. Gostava de sua meiguice, embora soubesse que não podia confiar nela. Podia ser a menina mais interessante, mas também a mais mutante: o melhor e o pior, ao mesmo tempo.

Elas estavam separando uma coleção de conchas que tinham trazido para fora de casa, dividindo-as em pilhas de diversas cores. Foi nessa hora que ele saiu da casa. Apertei o bebê pelo meio, sentindo suas costelinhas nas minhas mãos. Ele deu um gemido e enfiei o nariz no ouvido dele para esconder meu rosto.

— Papai, posso ir com você? — gritou Cornélia, pulando e segurando na mão dele. Eu não podia ver o rosto dele, escondido pela cabeça inclinada e a aba do chapéu.

Lisbeth e Aleydis largaram as conchas. — Também quero ir! — gritaram juntas, segurando a outra mão dele.

Ele balançou a cabeça e então vi seu rosto preocupado. — Hoje, não, vou ao boticário.

— Vai comprar coisas de pintura, papai? — perguntou Cornélia, ainda segurando a mão dele.

— Vou, e outras também.

O bebê Johannes começou a chorar e ele olhou para mim de relance. Balancei o bebê, sentindo-me esquisita.

Parecia que ele ia dizer alguma coisa, mas soltou as mãos das meninas e seguiu pela Oude Langendijck.

Não havia dito uma só palavra para mim desde que faláramos sobre a cor e a forma dos legumes.

Acordei bem cedo no domingo, queria ir logo para casa. Tinha de esperar Catharina abrir a porta da frente, mas ouvi um ruído na entrada e, ao chegar lá, vi que Maria Thins estava com a chave.

— Minha filha está cansada hoje — disse ela, afastando-se da porta para eu passar. — Vai descansar uns dias. Você pode fazer as coisas sem ela?

— Claro, madame, e sempre posso perguntar para a senhora, se tiver uma dúvida — respondi.

Maria Thins riu. — Ah, você é esperta, menina. Sabe como lidar com pessoas e coisas. Não se preocupe, resolveremos. — E me entregou algumas moedas, meu salário pelos dias trabalhados. — Pode ir, acho que vai contar tudo de nós para sua mãe.

Fui saindo, antes que ela dissesse mais alguma coisa. Atravessei a Praça do Mercado, passei pelas pessoas que iam aos serviços matinais da Nova Igreja e corri pelas ruas e margens dos canais que levavam a minha casa. Quando virei na minha rua, achei que já parecia diferente, em menos de uma semana longe. A luz parecia mais clara e plana; o canal, mais largo. As árvores retas à margem do canal estavam completamente paradas, como sentinelas à minha espera.

Agnes estava sentada no banco na frente de casa: assim que me viu, avisou para dentro de casa: — Ela chegou! — Correu e segurou meu braço. — Como é o trabalho? — perguntou, sem nem dizer olá. — Eles são bons para você? Trabalha muito? Tem alguma menina lá? A casa é muito grande? Onde você dorme? A comida é muito gostosa?

Ri e não podia responder nada antes de abraçar minha mãe e falar com meu pai. Embora não fosse muito dinheiro, fiquei contente de entregar para minha mãe as poucas moedas do salário Era por isso, afinal, que eu estava trabalhando.

Meu pai veio sentar-se conosco do lado de fora da casa e saber da minha nova vida. Guiei-o para a frente da casa e quando ele sentou no banco esfregou o dedo na palma da minha mão: — Suas mãos estão ásperas, tão grossas e machucadas. Você já está com as marcas do trabalho árduo — lastimou ele.

— Não se preocupe. Havia muita roupa para lavar porque faltava quem ajudasse. Daqui a pouco o trabalho vai diminuir — falei, despreocupada.

Minha mãe olhou minhas mãos: — Vou espremer uma pêra e misturar com óleo para amaciar suas mãos. Agnes e eu vamos ao campo colher.

— Conte! Conte como eles são! — pediu Agnes, animada.

Contei. Mas não falei algumas coisas: meu cansaço quando chegava a noite; o quadro da Crucificação aos pés da minha cama; o tapa que dei em Cornélia; que Maertge tinha a mesma idade de Agnes. O resto, contei tudo.

Dei o recado de nosso açougueiro para minha mãe. — É simpático ele dizer isso, mas sabe que não temos dinheiro e não vou aceitar essa caridade — disse ela.

— Acho que não está fazendo por caridade, é por amizade — expliquei.

Ela não respondeu e eu sabia que não voltaria à barraca do açougueiro.

Quando falei nos novos açougueiros, Pieter, pai e filho, ela fez cara de surpresa e não disse nada.

Depois, fomos assistir ao culto religioso em nossa igreja, onde fiquei rodeada de rostos e palavras conhecidos. Sentei entre Agnes e minha mãe, e senti minhas costas relaxando no banco e o rosto tirando a máscara que eu havia usado a semana toda. Pensei que fosse chorar.

A mãe e Agnes não me deixaram ajudar a fazer o jantar quando voltamos para casa. Levei meu pai para sentar no banco lá fora. Ele ficou com o rosto virado para o sol o tempo todo da conversa.

— Griet, conte de seu novo patrão. Você não falou nada sobre ele.

— Quase não o vi: fica no ateliê, onde ninguém pode interrompê-lo, ou então fora de casa — respondi, sincera.

— Espero que cuide dos assuntos da guilda. Você esteve no ateliê dele, contou como faz a limpeza e como mede os objetos, mas não disse nada dos quadros que ele está pintando. Diga como são.

— Não sei se serei capaz de descrever de forma que você possa vê-los.

— Tente. Hoje não tenho muito no que pensar, só lembranças. Vai ser um prazer imaginar o quadro de um mestre, mesmo se minha fantasia só conseguir uma pobre imitação.

Então, tentei descrever a mulher colocando um colar de pérolas no pescoço, as mãos levantadas, olhando-se no espelho, a luz da janela banhando seu rosto e seu casaco amarelo, o primeiro plano escuro que a separava de nós.

Meu pai ouviu atento, mas seu rosto só se iluminou quando eu disse: — A luz na parede ao fundo é tão cálida que olhá-la é como sentir o sol no rosto.

Ele fez um sinal com a cabeça e sorriu, satisfeito por ter compreendido.

— É disso que você mais gosta na sua nova vida: ficar no ateliê — concluiu.

É a única coisa de que gosto. Pensei, mas não disse.

No jantar, tentei não comparar os pratos com os da casa da Esquina dos Papistas, pois já tinha me acostumado a comer carne todos os dias e um bom pão de centeio. Minha mãe cozinhava melhor que Tanneke, mas o pão preto estava seco, o legume, cozido insosso, sem gordura para dar gosto. A sala de jantar também era diferente: sem piso de mármore, sem espessas cortinas de seda ou cadeiras de couro gravado. Era tudo simples e limpo, sem enfeites. Eu gostava muito porque conhecia minha casa, mas só então via como era sem graça.

No final do dia, foi difícil despedir-me de meus pais, mais difícil do que antes, porque dessa vez eu sabia o que me aguardava. Agnes foi comigo até a Praça do Mercado. Quando ficamos sós, perguntei como estava ela.

— Sozinha — confessou, o que é uma palavra triste, dita por uma menina. Ela esteve alegre o dia todo, mas naquele momento tinha murchado.

— Voltarei todos os domingos — prometi. — E talvez, durante a semana, possa passar aqui, depois do mercado.

— Ou eu irei ver nas barracas onde fizer compras — sugeriu ela, animando-se.

Conseguimos nos ver no Mercado de Carne várias vezes. Sempre me alegrei de vê-la, a não ser quando eu estava acompanhada.

Fui encontrando o meu lugar na casa da Oude Langendijck. Catharina, Tanneke e Cornélia às vezes eram difíceis, mas costumavam me deixar trabalhar em paz. Isso pode ter sido influência de Maria Thins. Ela concluiu que eu tinha sido uma boa aquisição e até as crianças concordaram.

Ela decerto percebeu que as roupas estavam mais limpas,

sem encardidos, depois que passei a lavá-las. Ou que a carne era mais macia depois que comecei a comprar. Ou que ele estava mais satisfeito com um ateliê limpo. As duas primeiras coisas eram certeza. A terceira, eu não sabia. Quando ele e eu finalmente nos falamos, não foi sobre limpeza.

Eu tinha o cuidado de compartilhar os elogios pelas melhorias na casa. Não queria fazer inimigas. Se Maria Thins gostava da comida, eu dizia que tinha sido feita por Tanneke. Se Maertge falava que seu avental estava mais claro, eu dizia que o sol de verão era mais forte.

E evitava Catharina sempre que possível. Estava claro que ela não havia gostado de mim desde o momento em que me vira cortando legumes na cozinha da minha mãe. O humor dela não melhorou com o bebê que carregava, que a deixava desajeitada, nem um pouco parecida com a elegante dona da casa que ela se achava. O verão também estava quente e o bebê agitado. Dava chutes assim que ela andava ou, pelo menos, era o que dizia. À medida que sua barriga foi aumentando, ela andava pela casa com um jeito cansado e sofrido. Passou a ficar cada vez mais na cama. Maria Thins pegou-lhe as chaves e de manhã abria o ateliê para mim. Tanneke e eu começamos a fazer o trabalho dela: olhar as meninas, fazer as compras da casa, trocar as fraldas do bebê.

Um dia, quando Tanneke estava de bom humor, perguntei por que não contratavam mais criadas para facilitar as coisas. — Numa casa tão grande, com uma patroa tão rica e os quadros do patrão, será que não podem ter mais uma criada? Ou uma cozinheira? — perguntei.

— Ora — zombou Tanneke. — Eles mal conseguem pagar você.

Fiquei surpresa, eram tão poucas moedas na minha mão a cada semana. Eu precisaria trabalhar anos para comprar algo tão fino quanto o casaco amarelo que Catharina deixava mal guardado no armário. Não parecia que o dinheiro era pouco.

— Claro que vão achar um jeito de pagar uma ama-de-leite por alguns meses, depois que o bebê nascer — disse Tanneke, parecendo desaprovar.

— Para que ama-de-leite?

— Para amamentar o bebê.

— A patroa não amamenta o próprio filho? — perguntei, meio boba.

— Não teria tantos filhos se amamentasse. Não sabe que amamentar impede de ter mais?

— Ah. Ela quer mais filhos? — Eu era muito ignorante sobre aquelas coisas.

Tanneke riu. — Às vezes, acho que ela está enchendo a casa de crianças porque não pode encher de criados como gostaria. — E falou mais baixo: — O patrão não pinta o suficiente para pagar criados, só faz uns três quadros por ano. Às vezes, dois. Ninguém enriquece assim.

— Não pode pintar mais rápido? — Mas eu sabia que não, ele sempre pintaria no ritmo próprio.

— A patroa e a jovem patroa às vezes discordam. A jovem patroa quer que ele pinte mais, enquanto minha patroa diz que a rapidez acabaria com ele.

— Maria Thins é muito sensata. — Aprendi que podia dar minha opinião para Tanneke, desde que elogiasse um pouco Maria Thins. Tanneke era muito fiel à patroa dela, mas não tinha muita paciência com Catharina; quando estava de bom humor, ensinava-me como lidar com ela: — Não ligue para o que diz. Faça cara de boba quando ela falar, depois faça como você achar melhor ou como a minha patroa ou eu dissermos. Ela nunca confere as coisas, nunca presta atenção. Mas sabemos quem é a verdadeira patroa e ela também sabe.

Embora Tanneke costumasse me tratar mal, aprendi a não guardar mágoa, já que sua raiva durava pouco. Ela mudava rápido, talvez por estar há tantos anos entre Catharina e Maria Thins. E, apesar de dizer para eu ignorar o que Catharina mandasse, não seguia o próprio conselho. Ficava perturbada com o jeito ríspido de Catharina. E Maria Thins não defendia Tanneke. Eu nunca vi Maria Thins criticar a filha em nada, embora às vezes merecesse.

Havia também a questão das tarefas de Tanneke na casa. Talvez a fidelidade compensasse seu desleixo: os cantos empoeirados, a carne queimada por fora e crua por dentro, as panelas mal esfregadas. Eu não conseguia imaginar como era quando limpava o ateliê. Maria Thins quase nunca ralhava com Tanneke, embora as duas soubessem que devia: isso fazia Tanneke ficar insegura e sempre na defensiva.

Logo percebi que, apesar de rigorosa, Maria Thins era delicada com as pessoas mais próximas. Não era tão dura quanto parecia.

Das quatro meninas, Cornélia era, como mostrou na manhã em que cheguei, a mais imprevisível. Lisbeth e Aleydis eram boas e calmas; Maertge tinha idade para começar a aprender as tarefas da casa e gostava disso, embora às vezes desse ataques e gritasse comigo igualzinho à mãe. Cornélia não gritava, mas em certas horas era indomável. E nem sempre dava certo a ameaça de contar para Maria Thins, como fiz no primeiro dia. Num momento ela podia fazer graça e brincar, para logo depois ser como um gato que morde a mão que o segura. Embora fosse fiel às irmãs, nem por isso deixava de beliscá-las e fazê-las chorar. Eu tomava cuidado com Cornélia. Não conseguia gostar dela como das outras.

Escapava de todas quando limpava o ateliê. Maria Thins destrancava a porta para mim e às vezes ficava alguns minutos olhando o quadro, como se fosse uma criança doente que ela estava cuidando. Depois que ela saía, a sala era só minha. Verificava se alguma coisa havia mudado. Primeiro, parecia estar igual, dia após dia, mas depois que meus olhos se acostumaram com os detalhes da sala comecei a notar pequenas mudanças: os pincéis reorganizados sobre o armário, uma das gavetas entreaberta, a espátula da paleta equilibrada na beira do cavalete, uma cadeira mais distante de seu lugar ao lado da porta.

Mas tudo permanecia sempre igual na cena que ele estava pintando. Eu cuidava para não tirar nada do lugar, aprimorei minha técnica de medir para limpar o espaço quase com tanta rapidez e segurança quanto o resto da sala. E depois de experimentar diversos tipos de pano passei a limpar o tecido azul-escuro e a cortina amarela com um trapo molhado, apertando de forma que tirava a poeira sem desfazer as dobras.

Por mais que eu procurasse, o quadro parecia não ter qualquer alteração. Até que um dia descobri que o colar da mulher tinha mais uma pérola. Em um outro dia, a sombra da cortina amarela havia aumentado. Achei também que alguns dedos da mão direita tinham se mexido.

O casaco de cetim começou a parecer tão real que eu tinha vontade de tocá-lo.

E quase toquei no casaco verdadeiro quando a mulher de van Ruijven deixou-o na cama. Quando eu ia passar a mão na gola de pele, vi Cornélia na porta me olhando. Qualquer das outras meninas teria perguntado o que eu estava fazendo: Cornélia só olhou. Aquilo era pior do que qualquer pergunta. Tirei a mão e ela sorriu.

Um dia, várias semanas depois de estar trabalhando na casa, Maertge insistiu em ir comigo às barracas de peixe. Ela adorava correr pela Praça do Mercado, olhar as coisas, mexer com os cavalos, brincar com outras crianças, experimentar peixe defumado em várias barracas. Ela tocou nas minhas costas quando eu estava comprando arenque e disse: — Olha, Griet, olha aquela pipa voando!

A pipa que voava sobre nossas cabeças tinha a forma de peixe, com um rabo comprido, e o vento fazia com que parecesse nadar no ar, rodeada pelas gaivotas. Sorri no exato momento em que vi Agnes perto de nós, os olhos fixos em Maertge. Eu ainda não havia contado que a casa tinha uma menina da idade dela, achei que poderia aborrecê-la, pensaria que estava sendo substituída.

Às vezes, quando visitava minha família, achava estranho contar coisas para eles. Minha nova vida estava tomando o lugar da antiga.

Quando Agnes me olhou, fiz um leve sinal com a cabeça para Maertge não notar e virei para colocar o peixe na sacola. Fui andando, pois não agüentava ver a mágoa no rosto dela. Não sabia o que Maertge faria se Agnes falasse comigo.

Quando virei, Agnes tinha sumido.

Teria de explicar para ela no domingo, pensei. Eu tinha duas famílias e elas não podiam se misturar.

Depois, envergonhei-me por ter virado as costas para minha própria irmã.

Eu estava pendurando a roupa no pátio, batendo cada peça antes de colocá-la no varal, quando Catharina apareceu, ofegante. Sentou-se numa cadeira ao lado da porta, fechou os olhos e suspirou. Continuei o que estava fazendo, como se fosse comum ela sentar perto de mim, mas meu maxilar endureceu.

— Eles já foram? — perguntou, de repente.

— Quem, senhora?

— Eles, menina boba. Meu marido e... suba e veja se ainda estão lá em cima.

Entrei com cuidado no corredor e ouvi quatro pés subindo a escada.

— Você sabe lidar com ela? — perguntou.

— Sei, claro. Não é muito pesada, só um pouco desajeitada — comentou o outro homem, com uma voz profunda como um poço.

Chegaram ao alto da escada e entraram no ateliê. Ouvi a porta fechar.

— Foram embora? — sussurrou Catharina.

— Estão no ateliê, madame — respondi.

— Que bom. Agora me ajude a levantar. — Catharina estendeu as mãos e puxei-a para cima. Se ainda engordasse mais, não conseguiria nem andar. Ela entrou no corredor como um navio de velas infladas, segurando a penca de chaves para não tilintarem e sumiu no grande cômodo.

Mais tarde, perguntei a Tanneke por que Catharina havia se escondido.

— Ah, van Leeuwenhoek está aí — respondeu ela, rindo. — Um amigo do patrão. Ela tem medo dele.

— Por quê?

Tanneke riu mais. — Quebrou a caixa dele! Deixou cair quando foi olhar dentro dela. Você sabe como é desastrada.

Pensei na faca de minha mãe rodando no chão. — Que caixa?

— Ele tem uma caixa de madeira onde você olha e vê coisas.

— Que coisas?

— Todo tipo! — respondeu Tanneke, impaciente. Ela realmente não queria falar sobre a caixa. — A jovem senhora quebrou a caixa e van Leeuwenhoek não quer vê-la. Por isso, o patrão só deixa ela entrar no ateliê se ele estiver presente. Vai ver, acha que ela vai despencar em cima de um quadro!

Descobri o que era a caixa na manhã seguinte, quando ele me falou de certas coisas que levei meses para entender.

Fui limpar o ateliê e encontrei o cavalete e a cadeira encostados de um lado. A mesa continuava no lugar, sem papéis ou impressos. Sobre ela havia uma caixa de madeira mais ou menos do tamanho de uma arca de guardar roupas. Havia uma caixa menor presa num lado, tendo na frente um objeto redondo e saliente.

Não entendi o que era aquilo, mas não ousei tocar. Fiz a limpeza, olhando a caixa de vez em quando, como se de repente pudesse perceber para que servia. Limpei o canto do ateliê e o resto da sala, tirando o pó da caixa quase sem tocar nela com meu pano. Limpei o quarto de despejo e varri o chão. Terminei tudo e fiquei na frente da caixa, de braços cruzados, andando em volta dela.

Estava de costas para a porta, mas senti que, de repente, ele chegou. Não sabia se virava para olhá-lo ou esperava que dissesse alguma coisa.

Ele deve ter feito a porta ranger. Então pude olhar. Estava encostado na soleira, com um manto negro comprido sobre as roupas do dia. Olhava para mim, curioso, mas não parecia temer que eu estragasse a caixa.

— Quer olhar na caixa? — perguntou. Era a primeira vez que falava diretamente comigo desde que perguntara sobre os legumes, semanas antes.

— Quero, senhor — respondi sem saber com o que estava concordando. — O que é isso?

— Chama-se câmara escura.

Aquelas palavras não tinham sentido para mim. Fiquei de lado enquanto ele abriu um ferrolho e tirou a tampa da caixa, que era dividida em duas partes presas por dobradiças. Ele apoiou a tampa para que a caixa ficasse meio aberta. Havia um pedaço de espelho no fundo. Ele se inclinou, olhou no espaço entre a tampa e a caixa, depois tocou na peça redonda no final da caixa menor. Parecia olhar alguma coisa, embora eu não achasse que pudesse ter muita coisa lá dentro de tão interessante.

Ele se levantou, olhou para o canto que eu havia limpado com tanto cuidado e fechou as cortinas da janela do meio para a luz entrar só pela janela do canto.

A seguir, ele tirou o manto.

Fiquei sem jeito, trocando de pé a todo momento.

Ele tirou também o chapéu, colocou-o na cadeira ao lado do cavalete, depois cobriu a cabeça com o manto e se inclinou de novo sobre a caixa.

Dei um passo atrás e olhei para a porta, nas minhas costas. Naquela época, Catharina não tinha a menor vontade de subir escadas, mas fiquei pensando o que Maria Thins, Cornélia ou qualquer outra pessoa pensaria se nos visse. Virei-me e fixei os olhos nos sapatos dele, que brilhavam graças à engraxada que eu dera um dia antes.

Finalmente, ele saiu debaixo do manto, com o cabelo desgrenhado. — Pronto, Griet, pode olhar. — Afastou-se da caixa e fez um gesto para mim. Meus pés ficaram agarrados no chão.

— Senhor.

— Ponha o manto sobre a cabeça como eu fiz. Assim a imagem fica mais nítida. E olhe deste ângulo para ficar invertido.

Eu não sabia o que fazer. Pensar em ficar coberta com o manto dele, sem poder ver e ele me olhando sem parar, aquilo tudo me deixou meio tonta.

Mas ele era meu patrão. Eu tinha de fazer o que mandasse.

Apertei os lábios e me aproximei da caixa, na parte em que a tampa tinha sido levantada. Debrucei-me e olhei no quadrado de espelho opaco que estava dentro. Havia a imagem apagada de alguma coisa lá.

Ele colocou gentilmente seu manto sobre minha cabeça e tudo escureceu. O manto ainda estava com o calor dele e o cheiro de tijolo secado ao sol. Coloquei minhas mãos sobre a mesa para me firmar e fechei os olhos um instante. Parecia que eu havia tomado minha cerveja da tarde depressa demais.

— O que você está vendo? — perguntou ele.

Abri os olhos e vi o quadro, mas sem a mulher.

— Ah! — Levantei tão rápido que o manto caiu no chão. Dei um passo atrás, pisando-o.

Tirei o pé. — Desculpe, senhor. Vou lavar o manto hoje mesmo.

— Não se preocupe com o manto, Griet. O que você viu?

Engoli em seco. Estava muito confusa e um pouco assustada. Dentro da caixa havia um truque do demônio ou alguma coisa católica que eu não entendi. — Vi o quadro, senhor. Só que a mulher não estava nele e o quadro era menor. E as coisas estavam... do outro lado.

— Isso, a imagem é projetada de cabeça para baixo e os lados esquerdo e direito ficam trocados. Há vidros que podem gravar isso.

Não entendi o que ele estava falando.

— Mas...

— O quê?

— Não entendi, senhor. Como foi que as coisas entraram lá?

Ele pegou o manto no chão e limpou-o com a mão. Estava sorrindo. Quando sorria, seu rosto parecia uma janela aberta.

— Está vendo isso aqui? — ele apontou para o objeto redondo na frente da caixa menor. — Isso se chama lente. É feita de um pedaço de vidro cortado de determinada forma. Quando a luz daquela cena — apontou para o canto — entra na caixa, ele projeta a imagem e podemos vê-la aqui. — Ele bateu no espelho esfumaçado.

Fiquei olhando para ele com tal firmeza, tentando entender, que meus olhos começaram a lacrimejar.

— O que é uma imagem, senhor? Não conheço essa palavra.

Alguma coisa mudou no rosto dele como se antes estivesse me olhando por cima do meu ombro e de repente me olhasse de frente. — É um retrato, como um quadro.

Fiz sinal de que tinha entendido. Acima de tudo, queria que ele achasse que eu era capaz de entender o que dizia.

— Você tem olhos grandes — disse ele então.

Enrubesci. — Já me disseram, senhor.

— Quer olhar de novo?

Não queria, mas sabia que não podia dizer isso. Pensei um instante. — Vou olhar, senhor, mas só se puder ficar sozinha.

Ele pareceu espantado, depois achou graça. — Está certo — concordou, entregando o manto. — Volto daqui a alguns minutos e bato na porta antes de entrar.

Saiu e fechou a porta. Peguei o manto com as mãos tremendo.

Por um instante, pensei em fingir que havia olhado e dizer que o fizera. Mas ele saberia que era mentira.

E eu estava curiosa. Foi mais fácil pensar na coisa sem ele estar me olhando. Respirei fundo e olhei dentro da caixa. Vi no espelho um leve esboço da cena no canto. Coloquei o manto sobre minha cabeça, e a imagem, como ele chamou aquilo, ficou cada vez mais nítida: a mesa, as cadeiras, a cortina amarela, a parede ao fundo com o mapa dependurado, o vaso de cerâmica brilhando na mesa, a bacia de estanho, o pincel de pó-de-arroz, a carta. Estava tudo lá, à vista, numa superfície lisa, um quadro que não era quadro. Com cuidado, toquei no espelho: era liso e frio, sem nada de pintura. Tirei o manto, e a imagem ficou fraca outra vez, embora continuasse lá. Coloquei o manto, a luz sumiu e as cores brilharam como jóias. Pareciam até mais brilhantes e coloridas no espelho do que no ateliê.

Foi tão difícil parar de olhar na caixa quanto tirar os olhos do quadro da mulher com o colar de pérolas, na primeira vez que o vi. Ouvi a batida na porta: só deu tempo de levantar e deixar o manto cair do meu ombro antes de ele entrar.

— Olhou de novo, Griet? Olhou direito?

— Olhei, senhor, mas não tenho muita certeza do que vi. — Alisei minha touca.

— É estranho, não? Fiquei tão surpreso quanto você na primeira vez que meu amigo me mostrou.

— Mas por que olha, senhor, se pode olhar seu quadro?

— Você não entende. — Fechou a caixa. — Essa é uma ferramenta para me ajudar a ver. Assim, posso pintar o quadro.

— Mas... use seus olhos para ver.

— Certo, mas nem sempre eles vêem tudo.

Meus olhos bateram no canto da sala como se fossem descobrir algo inesperado que ficara escondido de mim, atrás do pincel de pó-de-arroz ou surgindo das sombras do tecido azul.

— Diga uma coisa, Griet: você acha que só pinto o que está lá naquele canto?

Olhei o quadro, sem conseguir responder. Achei que ele

estava querendo me enganar. Qualquer coisa que eu respondesse estaria errado.

— A câmara escura me ajuda a ver de um jeito diferente. A enxergar melhor o que está lá — explicou ele.

Ao perceber meu rosto perplexo, deve ter-se arrependido de falar tanta coisa para uma pessoa como eu. Virou-se e fechou a caixa com força. Tirei o manto e entreguei para ele.

— Senhor...

— Obrigado, Griet — disse ele, segurando o manto. — Terminou a limpeza aqui?

— Sim, senhor.

— Pode ir, então.

— Obrigada, senhor. — Rapidamente juntei minhas coisas de limpeza e saí. A porta fez um clique atrás de mim.

Pensei no que ele havia dito, em como a caixa o ajudava a ver melhor. Embora não tenha entendido como, sabia que estava certo porque constatei no quadro da mulher e também no que lembrava do quadro que pintou de Delft. Ele via as coisas de um jeito que os outros não viam, tanto que uma cidade onde eu tinha passado a vida inteira parecia um lugar diferente e tanto que uma mulher ficava linda só com uma luz no rosto.

Um dia depois que olhei na caixa não a encontrei mais no ateliê. O cavalete tinha voltado ao seu lugar. Olhei o quadro. Antes, tinha percebido só pequenas mudanças, mas naquele momento havia uma fácil de ver: o mapa na parede atrás da mulher foi retirado tanto do quadro quanto da cena. A parede estava nua. O quadro parecia melhor assim: mais simples, os traços da mulher estavam mais claros contra o fundo marrom-esbranquiçado. Mas a mudança me perturbou: foi tão repentina. Não esperava isso dele.

Fiquei inquieta depois que saí do ateliê e fui ao Mercado de Carne; não me sentia a mesma de sempre. Acenei para nosso antigo açougueiro, mas não parei, mesmo quando ele me chamou.

Pieter, o filho, estava sozinho na barraca. Tinha-o visto algumas vezes desde aquele primeiro dia, sempre na presença do pai, que atendia aos fregueses. Naquele dia, ele disse: — Olá, Griet. Estava esperando você aparecer.

Achei aquilo uma coisa simples de se dizer, já que eu comprava carne à mesma hora todos os dias.

Os olhos dele não encontraram os meus.

Resolvi não prestar atenção no que ele disse. — Um quilo e meio de carne para assar, por favor. E tem daquela salsicha que seu pai me vendeu no outro dia? As meninas gostaram.

— Pena, não há mais salsicha.

Uma mulher ficou atrás de mim esperando a vez. Pieter, o filho, olhou-a. — Pode esperar um instante? — perguntou ele para mim, baixinho.

— Esperar?

— Quero perguntar uma coisa.

Fiquei de lado para ele servir à freguesa. Não gostei, estava me sentindo insegura, mas não tive outra escolha.

Quando terminou e ficamos sós outra vez, ele perguntou: — Onde mora a sua família?

— Na Oude Langendijck, Esquina dos Papistas.

— Não, não a *sua* família.

Ruborizei por causa do meu engano. — Logo depois do canal Rietveld, perto do portão Koe. Por quê?

Os olhos dele finalmente encontraram os meus. — Há alguns casos de peste no quarteirão.

O susto me fez dar um passo atrás, de olhos arregalados. — Foi decretada quarentena?

— Ainda não, esperam que seja hoje.

Mais tarde, achei que ele devia ter perguntado coisas a meu respeito para outras pessoas. Se não soubesse onde minha família morava, jamais iria me falar da peste.

Não lembro como voltei. Pieter, o filho, deve ter colocado a carne na minha sacola; só sei que cheguei na casa, deixei a sacola aos pés de Tanneke e disse: — Preciso falar com a patroa.

Tanneke remexeu na sacola: — Não trouxe salsichas nem nada para substituir! O que houve com você? Volte já para o Mercado de Carne.

— Preciso falar com a patroa — repeti.

— O que houve? Fez alguma coisa errada? — perguntou Tanneke, desconfiada.

— Minha família pode estar de quarentena, preciso ir lá.

— Ah, eu não sabia. Você vai ter de perguntar, a jovem patroa está com a minha patroa.

Catharina e Maria Thins estavam no quarto da Crucificação. Maria Thins fumava seu cachimbo. As duas pararam de falar quando entrei.

— O que foi, menina? — resmungou Maria Thins.

Falei, dirigindo-me a Catharina: — Por favor, madame, parece que a rua onde minha família mora está em quarentena. Gostaria de ir lá para ver meus pais e minha irmã.

— Como? E trazer a peste para cá? — perguntou ela, ríspida. — Claro que não. Ficou louca?

Olhei para Maria Thins, o que fez Catharina ficar mais zangada ainda. — Já disse que não, sou *eu* quem decide o que você pode fazer. Esqueceu? — avisou ela.

— Não, madame — falei abaixando os olhos.

— Você só vai lá no domingo, depois que o quarteirão estiver liberado. Agora saia, temos coisas a falar sem você em volta.

Levei a roupa suja para o pátio e sentei lá fora, de costas para a porta. Assim, não via ninguém. Solucei enquanto esfregava um vestido de Maertge. Senti o cheiro do cachimbo de Maria Thins, sequei os olhos, mas não me virei.

— Não seja boba, menina — disse Maria Thins, calmamente, atrás de mim. — Não pode fazer nada por eles e tem que se proteger. Você é inteligente, pode compreender isso.

Não respondi. E não agüentava mais o cheiro do seu cachimbo.

Na manhã seguinte, ele apareceu quando eu varria o ateliê.

— Griet, sinto muito pela desventura com sua família — disse.

Levantei os olhos da vassoura. Havia muita gentileza nele e senti que poderia perguntar: — Pode me avisar, senhor, se for decretada a quarentena?

— Já foi, ontem de manhã.

— Obrigada por me dizer, senhor.

Ele fez um sinal com a cabeça e ia sair quando pedi: — Posso perguntar mais uma coisa, senhor? Do quadro.

Ele parou na porta. — O que é?

— Quando o senhor olhou na caixa, ela disse para o senhor tirar o mapa do quadro?

— Disse. — Ele ficou atento como uma cegonha ao ver um peixe para fisgar. — Gostou do quadro sem o mapa?

— Agora está melhor. — Acho que não ousaria dizer uma coisa dessas numa outra hora, mas o perigo que minha família passava me deixou imprudente.

O sorriso dele me fez segurar a vassoura com força.

Não consegui trabalhar direito. Estava preocupada com minha família e não em limpar bem o chão ou clarear bem os lençóis. Podia ser que ninguém notasse como eu era boa criada antes, mas notaram como fiquei desleixada. Lisbeth reclamou de um avental manchado. Tanneke resmungou que varri o chão, e os pratos ficaram empoeirados. Catharina gritou comigo várias vezes: esqueci-me de passar as mangas de sua camisa, comprei salmão quando era arenque, deixei o fogo da lareira apagar.

Maria Thins resmungou quando passou por mim no corredor: — Toma jeito, menina!

Só o ateliê eu limpava como antes, com a perfeição que ele queria.

Fiquei sem saber aonde ir no primeiro domingo sem licença para visitar meus pais. Também não podia ir à nossa igreja, pois estava na área da quarentena. E não queria ficar em casa: não sabia o que os católicos faziam aos domingos, mas não ia ficar no meio deles.

Todos foram à igreja jesuíta que ficava na esquina da Molenpoort, as meninas com vestidos bonitos, até Tanneke tinha trocado seu vestido de lã marrom-amarelado e carregava Johannes. Catharina andava devagar, apoiada no braço do marido. Maria Thins trancou a porta. Fiquei na frente da casa enquanto eles sumiam no fim da rua e eu pensava o que fazer. Na minha frente, os sinos da torre da Nova Igreja badalaram as horas.

Fui batizada lá, pensei. Certamente vão deixar que entre para assistir à cerimônia de domingo.

Entrei naquele amplo espaço parecendo um ratinho se escondendo na casa de um homem rico. Dentro, estava frio e escuro, as lisas colunas subiam para o teto tão acima de mim que era quase um céu. Atrás do altar do pastor ficava o enorme túmulo de mármore de William de Orange.

Não vi ninguém conhecido, só pessoas em roupas discretas, de tecido e corte muito mais requintado do que eu jamais usaria. Fiquei escondida atrás de uma coluna durante o ofício religioso e mal conseguia ouvir o que o pastor dizia, estava com medo que alguém aparecesse e perguntasse o que fazia lá. No final, saí rápido, antes que alguém surgisse. Dei a volta pela igreja e olhei a casa do outro lado do canal. A porta de casa ainda estava fechada e trancada. Os ofícios católicos deviam ser mais longos que os nossos, pensei.

Andei até o mais perto que pude da casa da minha família: uma barreira guardada por um soldado. As ruas pareciam calmas do outro lado.

— Como está a situação lá? — perguntei ao soldado.

Ele não respondeu. Parecia com calor, de manto e chapéu, pois, embora não houvesse sol, estava quente e abafado.

— Tem alguma lista? Das pessoas que morreram? — eu mal conseguia falar.

— Ainda não.

Não estranhei: as listas sempre demoravam e costumavam ser incompletas. Os boatos costumavam ser mais precisos. — Você sabe... ouviu falar se Jan, o azulejeiro...

— Não sei nada de ninguém que mora aí. Você vai ter de esperar. — O soldado virou as costas quando viu algumas pessoas se aproximando para perguntar coisas parecidas.

Tentei falar com mais um soldado numa barreira em outra rua. Embora mais simpático, não sabia dizer nada da minha família. — Eu posso perguntar, mas tem um preço — informou ele, sorrindo e me olhando de alto a baixo para mostrar que não se referia a dinheiro.

— Que vergonha, você se aproveitar do desespero de uma pessoa — falei rispidamente.

O rapaz não pareceu se envergonhar. Eu tinha esquecido que os soldados só pensam numa coisa quando enxergam uma jovem.

Voltei para a Oude Langendijck e fiquei aliviada ao ver que a casa estava aberta. Entrei de mansinho e passei a tarde escondida no pátio com meu livro de orações. À noite, fui para a cama sem jantar, dizendo a Tanneke que meu estômago estava doendo.

Na barraca de carne, Pieter, o filho, me puxou para um lado, enquanto o pai atendia outra freguesa. — Teve notícias de sua família?

— Não. Ninguém pôde me dizer nada — respondi, sem olhá-lo. A preocupação dele fez com que me sentisse saltando de um barco para uma terra que balançava sob meus pés.

— Vou descobrir para você — garantiu. Pela voz dele, percebi que não era para eu contestar.

— Obrigada — falei, depois de uma pausa. Fiquei pensando o que faria se ele descobrisse alguma coisa. Ele não estava pedindo nada, como fizera o soldado, mas eu ficaria lhe devendo. Não queria dever nada a ninguém.

— Pode demorar alguns dias — avisou Pieter, entregando para o pai um fígado de vaca. Limpou as mãos no avental. Concordei, de olho nas mãos dele. As unhas estavam debruadas de sangue.

Espero que me acostume a ver isso, pensei.

Comecei a aguardar mais minha ida diária às compras do que a limpeza do ateliê. Mas também tinha medo, principalmente na hora em que Pieter, o filho, levantava os olhos do que estava fazendo e me via. Eu procurava pistas em seu olhar, queria saber, mas, enquanto não soubesse, podia ter esperanças.

Vários dias se passaram, comprei a carne ou passei pela barraca depois de comprar peixe e ele apenas balançava a cabeça. Até que um dia levantou os olhos e seu olhar ficou distante: já sabia o que ele ia dizer. Só não sabia quem tinha sido.

Tive de esperar que atendesse vários fregueses. Estava me sentindo tão mal, precisava me sentar, mas o chão estava manchado de sangue.

Finalmente, Pieter, o filho, tirou o avental e se aproximou. — Sua irmã Agnes está muito doente — disse ele, baixo.

— E meus pais?

— Estão bem, por enquanto.

Não perguntei o que ele arriscou para me dar uma resposta. — Obrigada, Pieter — murmurei. Foi a primeira vez que pronunciei o nome dele.

Olhei-o e vi bondade em seu rosto. Vi também o que eu temia: expectativa.

No domingo, resolvi visitar meu irmão. Não sabia se ele estava a par da quarentena e da doença de Agnes. Saí cedo de casa e andei até a fábrica, que ficava além dos muros da cidade, perto do Portão Roterdã. Frans ainda dormia, quando cheguei. A mulher que atendeu no portão riu quando perguntei por ele. — Ainda vai dormir muito. Os aprendizes dormem os domingos inteiros. É o dia de folga deles.

Não gostei do jeito dela, nem do que disse. — Por favor, acorde-o e diga que a irmã está aqui — mandei. A ordem lembrava um pouco Catharina.

A mulher ficou surpresa: — Não sabia que Frans tinha uma família tão importante que empina o nariz. — Ela desapareceu e fiquei pensando se iria mesmo acordar Frans. Sentei num muro e esperei. Passou uma família a caminho da igreja. As crianças, duas meninas e dois meninos, corriam na frente dos pais, como faziam as nossas. Olhei-os até sumirem de vista.

Frans acabou aparecendo, esfregando os olhos de sono.

— Ah, Griet, não sabia se era você ou Agnes. Achei que ela não viria sozinha para tão longe.

Ele não sabia. Eu não podia esconder a notícia dele, nem falar com jeito.

— Agnes está com a peste — falei, de repente. — Deus que a ajude e a nossos pais.

Frans parou de esfregar os olhos, que estavam vermelhos.

— Agnes? Como você sabe? — perguntou, confuso.

— Uma pessoa me contou.

— Você não esteve com eles?

— O quarteirão está de quarentena.

— Quarentena? Há quantos dias?

— Dez dias.

Frans balançou a cabeça, zangado. — Eu não sabia de nada! Fico enfiado na fábrica o dia inteiro, só vejo azulejos brancos. Acho que vou enlouquecer.

— Você devia era pensar em Agnes.

Frans abaixou a cabeça, infeliz. Desde a última vez que o vira, meses antes, ele estava mais alto. E com a voz mais grossa também.

— Frans, você tem ido à igreja?

Ele balançou a cabeça. Eu não podia perguntar mais nada.

— Vou rezar por eles agora. Quer vir comigo? — convidei.

Não queria, mas consegui convencê-lo, eu não tinha vontade de enfrentar uma igreja estranha sozinha outra vez. Encontramos uma igreja perto e, embora a cerimônia não me consolasse, rezei muito por nossa família.

Depois, Frans e eu andamos pela margem do rio Schie.

Falamos pouco, mas sabíamos o que o outro pensava: nunca soubéramos de alguém que houvesse sobrevivido à peste.

Um dia, quando Maria Thins estava abrindo o ateliê para mim, disse: — Muito bem, menina. Pode limpar aquele canto hoje — e apontou para a cena que ele estava pintando. Não entendi o que quis dizer. — Tudo que está na mesa vai para as gavetas do armário, menos a tigela e o pincel de pó de arroz de Catharina, esses eu levo. — Foi até a mesa e pegou os dois objetos que eu tinha passado tantas semanas colocando cuidadosamente no lugar.

Ao ver meu rosto, Maria Thins riu. — Não se preocupe, ele terminou o quadro. Não precisa mais disso. Quando acabar o serviço, veja se limpou todas as cadeiras e também se as encostou na janela do meio. E abra as cortinas. — Saiu, levando a tigela de estanho.

Sem a tigela e o pincel, a mesa se transformou num quadro que eu não conhecia. A carta, o pano, o pote de cerâmica não tinham sentido, como se alguém tivesse colocado aquilo tudo sobre a mesa por nada. Eu continuava sem conseguir tirá-los de lá.

Adiei a tarefa fazendo minhas outras obrigações. Abri todas as cortinas, o que deixou o quarto bem iluminado e estranho, depois limpei tudo, menos a mesa. Olhei o quadro um pouco, tentando descobrir o que estava diferente agora que estava pronto. Não tinha visto mudanças nos últimos dias.

Continuava pensando nisso, quando ele entrou. — Griet, você ainda não limpou, seja rápida, vim ajudar a empurrar a mesa.

— Desculpe estar tão lenta, senhor. É que — ele parecia

surpreso por eu querer dizer alguma coisa — fiquei tão acostumada com os objetos onde estão que não quero tirá-los.

— Sei, então vou ajudar. — Tirou o pano azul, com as mãos bem limpas. Sem tocar nelas, peguei o pano e fui sacudi-lo na janela. Dobrei-o e coloquei-o numa arca no quarto de despejo. Quando voltei, ele tinha guardado a carta e o pote de cerâmica preta. Empurramos a mesa para o lado e arrumei as cadeiras no meio do ateliê, enquanto ele punha o cavalete e o quadro no canto onde a cena tinha sido arrumada.

Era estranho ver o quadro no lugar da cena. Era tudo estranho, a súbita mudança depois de semanas de calma e tranqüilidade. Não perguntei o motivo. Queria olhá-lo, adivinhar o que pensava, mas grudei os olhos na minha vassoura, limpando a poeira que o pano azul levantara.

Ele saiu e terminei rápido, não querendo mais ficar lá. Não era mais um lugar agradável.

Naquela tarde, van Ruijven e a esposa vieram nos visitar. Tanneke e eu estávamos sentadas no banco da frente: ela me ensinava a remendar punhos de renda. As meninas estavam na Praça do Mercado empinando uma pipa perto da Nova Igreja, onde podíamos vê-las: Maertge segurava o carretel de linha e Cornélia empinava a pipa bem alto, no céu.

De longe, vi os van Ruijven chegando. Quando se aproximaram, reconheci-a do quadro e do breve encontro que tivéramos. Ele era o bigodudo de chapéu de penacho branco e sorriso meloso que um dia a levara até a porta de casa.

— Olhe, Tanneke, o cavalheiro que admira seu quadro todo dia — cochichei.

— Ah! Vá lá dentro e avise a patroa que eles chegaram! — mandou ela, enrubescendo e arrumando a touca e o avental.

Entrei correndo e encontrei Maria Thins e Catharina,

com o bebê adormecido, no quarto da Crucificação. — Os van Ruijven chegaram — anunciei.

Catharina e Maria Thins tiraram suas toucas e alisaram suas golas. Catharina se apoiou na mesa e levantou-se. As duas iam saindo quando Maria Thins arrumou um dos pentes de tartaruga de Catharina, usado só em ocasiões especiais.

Elas cumprimentaram as visitas na sala da frente, enquanto fiquei, ofegante, no corredor. Ao subirem a escada, van Ruijven me viu e parou.

— Quem é? — perguntou ele.

Catharina franziu o cenho para mim. — Uma das criadas. Tanneke, traga o vinho, por favor.

— Deixa a criada de grandes olhos trazer — mandou van Ruijven. — Venha, minha cara — chamou a esposa, que foi subindo os degraus.

Tanneke e eu ficamos lado a lado, ela aborrecida e eu aflita com a atenção dele.

— Vá logo! — gritou Catharina para mim. — Ouviu o que ele disse? Traga o vinho — mandou e foi subindo, pesadona, atrás de Maria Thins.

Fui até o quartinho onde as meninas dormiam, encontrei copos guardados, lustrei cinco no meu avental e coloquei-os numa bandeja. Procurei o vinho na cozinha. Não sabia onde guardavam, pois não era sempre que bebiam. Tanneke tinha sumido, ofendida. Eu temia que o vinho estivesse trancado num dos armários e precisasse pedir a chave à Catharina, na frente de todos.

Felizmente, Maria Thins havia preparado tudo. Deixara no quarto da Crucificação um jarro branco com tampa de estanho, cheio de vinho. Coloquei-o na bandeja e levei para o ateliê, depois de ajeitar minha touca, gola e avental, como fizeram as outras.

Entrei enquanto todos observavam o quadro. — Mais uma vez, uma pintura que é uma jóia — apreciou van Ruijven. — Gostou, minha cara? — perguntou à esposa.

— Claro — respondeu ela. A luz entrava pelas janelas e batia no rosto dela, que parecia quase bonita.

Coloquei a bandeja na mesa que meu patrão e eu tínhamos empurrado naquela manhã. Maria Thins se aproximou, dizendo, baixo: — Deixa que eu cuido disso. Saia, rápido.

Estava na escada, quando ouvi van Ruijven perguntar: — Onde está a criada de grandes olhos: já foi? Queria olhá-la melhor.

— Ah, ela não é nada — disse Catharina, num tom simpático. — É o quadro que você quer olhar.

Fui para o banco da frente da casa e sentei ao lado de Tanneke, que não abriu a boca. Ficamos em silêncio, ocupadas em consertar punhos de renda e ouvindo as vozes vindas das janelas de cima.

Quando desceram, fugi para a esquina e esperei até irem embora, encostada nos tijolos quentes do muro da Molenpoort.

Mais tarde, chegou um criado deles e subiu também para o ateliê. Não o vi sair, pois as meninas tinham chegado e pediram para acender a lareira e assarem maçãs.

Na manhã seguinte, o quadro tinha ido embora. Não pude olhá-lo mais uma vez.

Naquela manhã, ao chegar no Mercado de Carne, ouvi um homem na minha frente dizer que a quarentena estava suspensa. Corri para a barraca de Pieter. Pai e filho estavam lá e várias pessoas aguardavam em fila. Ignorei-as e fui direto para

Pieter, o filho. — Pode me servir rápido? Preciso ir à casa de meus pais. Só um quilo e meio de língua e outro de salsichas.

Ele parou o que estava fazendo, não deu importância à indignação da velha que estava servindo. — Se eu fosse jovem e sorrisse para você, faria qualquer coisa para mim — resmungou ela, enquanto ele me entregava os embrulhos.

— Ela não está sorrindo — disse Pieter. Olhou para o pai e me entregou um embrulho menor: — Este é para seus pais — disse, baixinho.

Nem sequer agradeci, peguei o pacote e corri.

Só ladrões e crianças correm.

Corri até chegar em casa.

Meus pais estavam sentados no banco, olhando para o chão. Cheguei perto deles, peguei a mão de meu pai e encostei-a em meu rosto. Sentei ao lado deles e não disse nada.

Não havia o que dizer.

O tempo que se seguiu foi muito sem graça. As coisas de algum significado (lavar roupas, sair para as compras todo dia, ficar no ateliê silencioso) perderam a importância, embora continuassem lá, como marcas no corpo que por baixo são feridas.

Minha irmã morreu no final do verão. Aquele outono foi chuvoso. Passei a maior parte dos dias pendurando roupas em varais dentro de casa, empurrando-os para mais perto do fogo, tentando secá-las antes que mofassem, mas sem chamuscá-las.

Tanneke e Maria Thins foram muito carinhosas comigo quando souberam de Agnes. Tanneke conseguiu controlar sua irritação durante vários dias, mas logo começou de novo a ralhar e ficar de mau humor, obrigando-me a acalmá-la. Maria Thins não dizia nada, mas passou a zangar com a filha quando me tratava mal.

Catharina parecia não saber nada do que acontecera com minha irmã ou não demonstrar que sabia. Estava próxima do parto e, como Tanneke havia dito, passava a maior parte do tempo na cama, deixando Maertge cuidar do bebê Johannes. Ele começava a engatinhar e ocupava as meninas.

As meninas não sabiam que eu tinha uma irmã e por isso não podiam entender que a havia perdido. Só Aleydis sentia alguma coisa de errado. Às vezes, sentava-se ao meu lado, encostava em mim como um filhote para se aquecer no pêlo da mãe. Ela me confortava de um jeito simples, como ninguém conseguia.

Um dia, eu estava no pátio pendurando roupas, e Cornélia apareceu. Mostrou uma boneca velha e disse: — Não brincamos mais com isso, nem Aleydis quer. Gostaria de dar para sua irmã? — De olhos bem abertos, fingindo inocência, pois eu sabia que tinha ouvido algum comentário sobre a morte de Agnes.

— Não, obrigada — foi só o que pude dizer, quase sufocando com as palavras.

Ela sorriu e sumiu.

O ateliê continuou vazio. Ele não começou outro quadro. Passava muito tempo fora de casa, na guilda ou na Mechelen, a hospedaria da mãe, do outro lado da praça. Eu continuava limpando o ateliê, mas isso virou apenas mais uma tarefa, mais um cômodo para varrer e limpar.

Quando ia ao Mercado de Carne, achava difícil olhar para Pieter, o filho. Ficava aflita por causa do favor que me fizera. Devia ter retribuído, mas não retribuí. Devia ter ficado orgulhosa, mas não fiquei. Preferia ser atendida pelo pai, que mexia comigo, mas só exigia que eu comentasse a qualidade da carne que vendia. Naquele outono, comemos carne da melhor qualidade.

Aos domingos, às vezes eu andava até a fábrica de Frans e pedia para ir comigo à nossa casa. Fomos duas vezes e ele deu um pouco de atenção a nossos pais. Um ano antes, eles tinham três filhos em casa. Depois, nenhum. Quando Frans e eu íamos lá, eles se lembravam de dias melhores. Uma vez, minha mãe até riu, depois parou, balançando a cabeça. — Deus nos castigou por não valorizarmos nossa boa sorte — disse ela. — Não podemos esquecer disso.

Não era fácil visitar nossa casa. Percebi que, depois de ficar longe naqueles domingos da quarentena, minha casa tinha se tornado um lugar estranho. Eu já não lembrava direito onde minha mãe guardava as coisas, quais os azulejos que ornavam a lareira, em que parte da casa brilhava o sol nas diversas horas do dia. Após poucos meses eu era capaz de descrever a casa da Esquina dos Papistas melhor do que a de minha família.

Para Frans, era mais difícil ainda visitar nossos pais. Depois de dias e noites na fábrica, ele queria rir e se divertir ou, pelo menos, dormir. Acho que o convenci a ir para manter nossa família unida outra vez. Mas era impossível. Depois do acidente com meu pai, ficamos outra família.

Um domingo, quando voltei da casa de meus pais, Catharina tinha começado o trabalho de parto. Ouvi seus gemidos desde a entrada. Olhei na direção do grande cômodo, que estava mais escuro do que o normal: as janelas inferiores foram fechadas para manter a privacidade. Maria Thins estava lá com Tanneke e a parteira. Maria Thins me viu e disse: — Vá cuidar das meninas, mandei-as brincar lá fora. Isso não demora muito, volte daqui a uma hora.

Fiquei contente de sair. Catharina estava fazendo um escarcéu, não parecia direito eu ouvi-la daquele jeito. E sabia que não gostaria que ficasse lá.

Procurei as meninas no lugar de que elas mais gostavam, o Mercado de Animais, na esquina da nossa rua, onde eram vendidos animais vivos. Encontrei-as jogando bolinhas de gude e brincando de esconder. O bebê Johannes tentava ir atrás delas: mal se equilibrava em pé, andava, depois engatinhava. Não era o tipo de brincadeira que nossa religião permitia fazer aos domingos, mas os católicos tinham idéias diferentes.

Aleydis se cansou de brincar e veio sentar-se ao meu lado. — Será que mamãe vai ter logo o bebê? — quis saber.

— Sua avó disse que sim. Voltaremos daqui a pouco e veremos.

— Será que papai vai gostar?

— Acho que sim.

— Será que ele vai pintar os quadros mais depressa agora que tem mais um bebê?

Não respondi. A pergunta de Catharina vinha da boca de uma menina. Eu não queria ouvir mais.

Voltamos para casa e ele estava na porta. — Papai, o seu chapéu! — gritou Cornélia. As meninas correram para ele e tentaram tirar o gorro do pai, feito de retalhos e fitas, com as pontas balançando na altura das orelhas. Parecia tão orgulhoso quanto constrangido, e estranhei: já tinha sido pai cinco vezes, devia estar acostumado. Não havia motivo para constrangimento.

Catharina era quem queria muitos filhos, pensei então. Ele preferia ficar sozinho no ateliê.

Mas não devia ser bem assim. Eu sabia como eram feitos os bebês. Ele tinha sua parte e certamente participava com muito gosto. Por mais difícil que Catharina fosse, ele estava sempre olhando para ela, tocando seu ombro, falando em voz baixa, cheio de doçura.

Não gostava de pensar nele assim, com a esposa e os filhos. Preferia pensar nele sozinho no ateliê. Sozinho não, comigo.

— Meninas, vocês têm mais um irmão — anunciou ele. — Chama-se Franciscus: querem vê-lo? — Levou-as para dentro de casa, enquanto fiquei na rua, segurando Johannes.

Tanneke abriu as janelas inferiores do grande cômodo e olhou a rua.

— A patroa está bem? — perguntei.

— Ah, sim. Ela faz um escândalo, mas é só isso. Nasceu para ter filhos: pulam de dentro dela como castanhas saindo da casca. Entre, o patrão quer fazer uma prece de agradecimento.

Embora não me sentisse à vontade, não podia me recusar a rezar com eles. Os protestantes fariam a mesma coisa após um bom parto. Levei Johannes para o grande cômodo, que naquele momento estava muito mais claro e cheio de gente. Coloquei-o no chão, ele deu uns passinhos inseguros e chegou nas irmãs, que estavam em volta da cama. As cortinas do dossel foram abertas e Catharina estava recostada em travesseiros, segurando o bebê. Exausta, mas sorrindo. Pelo menos uma vez na vida, estava feliz. Ao lado, meu patrão olhava o novo filho. Aleydis segurava a mão dele. Tanneke e a parteira carregavam bacias e lençóis manchados de sangue, enquanto a nova ama-de-leite aguardava perto da cama.

Maria Thins entrou trazendo vinho e três copos numa bandeja: colocou-os numa mesa. Ele soltou a mão de Aleydis, aproximou-se da cama e ajoelhou-se junto com Maria Thins.

Tanneke e a parteira pararam o que estavam fazendo e também se ajoelharam. Depois, a ama, as crianças e eu nos ajoelhamos, enquanto Joahnnes zangava e gritava, com Lisbeth obrigando-o a sentar-se.

Meu patrão agradeceu a Deus pelo bom parto de Franciscus e por poupar a vida de Catharina. Acrescentou algumas frases católicas em latim que não entendi, mas não me importei: ele tinha uma voz baixa e suave que eu gostava de ouvir.

Quando terminou, Maria Thins serviu o vinho nos três copos: ela e o casal beberam pela boa saúde do bebê. Catharina entregou o bebê à ama, que lhe deu de mamar.

Tanneke fez sinal para sairmos do quarto e servirmos pão e arenque defumado para a parteira e as meninas. — Agora, vamos preparar a festa do nascimento — avisou ela enquanto arrumávamos as coisas. — A jovem patroa gosta de festa grande. Vamos criar bolhas nos pés, como sempre.

A festa do nascimento foi a maior comemoração a que assisti na casa. Tivemos dez dias para preparar, limpar tudo e cozinhar. Maria Thins contratou duas meninas por uma semana para ajudar Tanneke na cozinha e eu na limpeza. A minha ajudante era lerda, mas trabalhava direito, desde que eu explicasse bem o que tinha de fazer e ficasse de olho nela. Um dia, lavamos (mesmo as que já estavam limpas) todas as toalhas de mesa e os guardanapos a serem usados na festa, além de todas as roupas (camisas, vestidos, bonés, golas, lenços, mantos, aventais). As roupas de cama ficaram para um outro dia. Depois, lavamos todas as peças de servir da casa (canecas de estanho com tampa, copos, pratos de cerâmica, botijas, conchas grandes), além das emprestadas dos vizinhos para a festa. Polimos os metais, o estanho e as pratas. Tiramos as cortinas e batemos do lado de fora, junto com todas as almofadas e tapetes. Lustramos a madeira das camas, os armários, cadeiras e mesas, o peitoril das janelas, até ficar tudo brilhando.

No final, minhas mãos estavam ásperas e sangrando.

Ficou tudo bem limpo para a festa.

Maria Thins fez encomendas especiais de carneiro, vitela e língua, um leitão inteiro, cervo, faisão e capões, ostras, lagostas, caviar e arenque, vinho doce e a melhor cerveja, além de bolos preparados especialmente pelo padeiro.

Quando entreguei a Pieter, o pai, a lista de carnes para Maria Thins, ele esfregou as mãos: — Temos mais uma boca para alimentar. Melhor para nós! — alegrou-se.

Chegaram enormes esferas de queijo Gouda e Edam, alcachofras, laranjas e limões, uvas e pêssegos, amêndoas e nozes. Chegou até um abacaxi, presente de um primo rico de Maria Thins. Nunca tinha visto aquilo e não tive vontade de provar a fruta de casca dura e cheia de espinhos. De todo jeito, não era mesmo para eu comer aquelas comidas. Tanneke só nos deixava provar sabores exóticos: experimentei um pouquinho de caviar que gostei menos do que disse, com todo o seu luxo, e um gole de vinho doce, deliciosamente temperado com canela.

No pátio, foram empilhadas mais lenha e turfa e arrumados os espetos de assar, emprestados dos vizinhos. Barris de cerveja também foram colocados no pátio, onde o leitão foi assado. Maria Thins contratou um rapaz para cuidar de todas as lareiras, que ficaram acesas a noite toda, desde que começamos a assar o leitão.

Durante os preparativos, Catharina continuou na cama com Franciscus, atendido pela ama, calma como um cisne. Também como um cisne, tinha um pescoço comprido e um bico afiado. Mantive distância dela.

— Era assim que ela gostaria que a casa fosse todos os dias — disse Tanneke, enquanto preparava o coelho-no-pote e eu esquentava água para lavar as janelas. — Ela quer tudo em volta na perfeição. É a rainha das colchas! — Ri junto com ela, sabendo que não devia encorajá-la a falar mal da patroa, mas achava muita graça quando falava.

Ele ficou distante durante os preparativos, fechado no ateliê ou ocupado na guilda. Vi-o uma vez, três dias antes da festa. A menina contratada e eu estávamos polindo os candelabros na cozinha quando Lisbeth veio me avisar: — O açougueiro está chamando lá fora — disse.

Larguei o pano de lustrar, limpei as mãos no avental e fui atrás dela até a entrada. Eu sabia que era o filho. Ele nunca me tinha visto na Esquina dos Papistas. Pelo menos a pele do meu rosto não estava áspera e vermelha como costumava, de tanto ficar no vapor das roupas fervendo.

Pieter, o filho, estava numa carroça na frente da casa, cheia das encomendas de Maria Thins. As meninas ficaram em volta, olhando. Só Cornélia olhava de longe. Apareci na porta e Pieter sorriu para mim; fiquei calma e não enrubesci. Cornélia estava prestando atenção.

Não era só ela. Senti a presença dele, tinha me seguido pelo corredor. Olhei para ele e vi que percebeu o sorriso de Pieter e a expectativa dele também.

Virou os olhos cinzentos para mim. Estavam frios. Senti uma tontura, como se tivesse me levantado muito rápido. Olhei para Pieter, que já não sorria tanto. Tinha percebido a minha confusão.

Foi como estar presa entre dois homens. Situação nada agradável.

Afastei-me da porta para meu patrão passar. Ele entrou na Molenpoort sem dizer uma palavra ou fazer um sinal. Pieter e eu o olhamos em silêncio.

— Trouxe a sua encomenda. Onde quer que eu deixe? — perguntou Pieter.

Naquele domingo, quando fui ver meus pais, não contei que havia nascido mais uma criança. Achei que eles se lembrariam que perderam Agnes. Mas minha mãe tinha ouvido a novidade no mercado e assim tive de descrever o nascimento, a reza com a família e todos os preparativos para a festa. Minha mãe estava preocupada com minhas mãos esfoladas, mas garanti que o pior já tinha sido feito.

— E os quadros? Ele começou a pintar outro? — Meu pai sempre esperava que eu descrevesse um novo quadro.

— Não — respondi. Naquela semana, passei pouco tempo no ateliê. Nada havia mudado.

— Vai ver que ele é preguiçoso — concluiu minha mãe.

— Não é não — respondi, rápido.

— Talvez ele não queira admitir que é — disse meu pai.

— Não sei o que ele quer — falei, mais áspera do que pretendia. Minha mãe olhou para mim. Meu pai se mexeu na cadeira.

Não falei mais nada sobre ele.

Os convidados começaram a chegar na festa ao meio-dia. À noite, devia haver umas cem pessoas entrando e saindo da casa, circulando entre o pátio e a rua. Toda a gente tinha sido convidada: negociantes ricos e também o nosso padeiro, o alfaiate, o sapateiro, o boticário. Estavam os vizinhos, a mãe e a irmã de meu patrão, os sobrinhos de Maria Thins. Havia pintores e outros membros da guilda. Van Leeuwenhoek, além de van Ruijven com a esposa.

Até Pieter, o pai, estava, sem o avental sujo de sangue, sorrindo para mim quando passei com um jarro de vinho temperado. Fui servi-lo e ouvi: — Griet, meu filho vai ficar com ciúme por eu passar a noite aqui com você.

— Acho que não — murmurei, saindo confusa.

Catharina era o centro das atenções. Estava com um vestido de seda verde feito para caber sua barriga que ainda não tinha encolhido. Sobre ele, o casaco amarelo debruado de arminho e usado pela esposa de van Ruijven no quadro. Era estranho ver o casaco nos ombros de outra mulher. Não gostei que ela usasse, embora o casaco fosse dela, claro. Usava também um colar e brincos de pérolas, e seus cachos louros estavam muito bem penteados. Ela havia se recuperado logo do parto e estava muito contente e graciosa, o corpo sem aquele peso que carregara durante meses. Circulava lépida pelas salas, bebia e ria com os convidados, acendia as velas, pedia mais comida, apresentava as pessoas. Só parou para fazer um carinho em Franciscus quando estava sendo amamentado pela ama.

Meu patrão estava bem mais calmo. Passou a maior parte da noite num canto do grande cômodo, conversando com van Leeuwenhoek, enquanto seus olhos acompanhavam Catharina pela sala entre os convidados. Ele usava uma elegante jaqueta de veludo preto e o gorro de pai. Parecia bem, embora não muito interessado na festa. Gostava mais da esposa que de muitas pessoas juntas.

No final da noite, van Ruijven conseguiu me encurralar no corredor quando eu passava com uma vela acesa e um jarro de vinho. — Ah, a criada de grandes olhos — gritou ele, debruçando-se sobre mim. — Olá, minha menina. — Segurou meu queixo e, com a outra mão, pegou a vela para iluminar meu rosto. Não gostei do olhar dele.

— Devia pintá-la — disse para quem estava atrás.

Era meu patrão, que franziu o cenho. Parecia querer falar alguma coisa para seu mecenas, mas não podia.

— Griet, me dê mais vinho — pediu Pieter, o pai, que saiu da sala da Crucificação e colocou uma taça na minha frente.

— Sim, senhor. — Arranquei meu queixo da garra de van Ruijven e rapidamente me dirigi a Pieter, o pai. Senti quatro olhos nas minhas costas.

— Ah, desculpe, senhor, a jarra está vazia. Vou pegar mais na cozinha. — Saí rápido, segurando a jarra de forma que não descobrissem que estava cheia.

Voltei logo depois e só Pieter, o pai, continuava lá, encostado na parede. — Obrigada — agradeci, baixinho, enquanto enchia a taça.

Ele piscou para mim. — Valeu a pena só para ouvir você me chamar de senhor. Nunca mais vou ouvir isso, não? — levantou a taça de brincadeira, como se brindasse, e bebeu.

Após a festa, o inverno caiu sobre nós e a casa ficou fria e sem graça. Além de muita limpeza, não havia mais nada a esperar. As meninas, até Aleydis, ficaram difíceis, exigindo atenção e raramente me ajudando nas tarefas. Maria Thins passava mais tempo em seus aposentos no primeiro andar do que antes. Franciscus, que tinha ficado calmo durante toda a festa, sofria de gases e chorava sempre. Seu choro era agudo e ouvido na casa inteira: no pátio, no ateliê, no porão. Apesar de seu temperamento, Catharina foi muito paciente com o bebê, mas era ríspida com todos os demais e até com o marido.

Consegui não pensar em Agnes enquanto preparava a festa, mas as lembranças voltaram com mais força. Eu tinha tempo para pensar e pensava demais. Era como um cachorro lambendo as feridas para limpá-las, mas fazendo com que piorassem.

O pior de tudo era que ele estava zangado comigo. Desde a noite em que van Ruijven me encurralou, ou talvez desde que Pieter, o filho, sorriu para mim, ele se distanciou mais. Parecia também que eu cruzava o caminho dele com mais freqüência do que antes. Ele saía muito (em parte, para fugir do choro de Franciscus), mas por acaso eu sempre estava na porta naquela hora, ou descendo a escada quando ele subia, ou varrendo a sala da Crucificação quando ele ia procurar Maria Thins. Um dia, fui à rua para Catharina e cheguei a encontrá-lo na Praça do Mercado. Todas as vezes ele me cumprimentava com a cabeça, educado, e se afastava para eu passar, sem me olhar.

Eu o havia magoado, mas não sabia como.

O ateliê também tinha ficado frio e sem graça. Antes, era agitado e cheio de finalidades: era lá que os quadros eram pintados. Depois, embora eu varresse logo qualquer pó, ficou apenas um quarto vazio, esperando só pela poeira. Eu não queria que fosse um lugar triste. Queria me refugiar lá, como antes.

Uma manhã, Maria Thins veio abrir a porta para mim e encontrou o ateliê já aberto. Olhamos na penumbra e vimos que ele estava dormindo na mesa, com a cabeça apoiada nos braços, de costas para a porta. Maria Thins se afastou, dizendo, baixinho: — Deve ter vindo para cá por causa do choro do bebê. — Tentei olhar melhor, mas ela ficou na frente. Fechou a porta sem fazer barulho. — Deixe-o. Você pode limpar mais tarde.

Na manhã seguinte, abri todas as cortinas do ateliê e olhei em volta, procurando algo que pudesse fazer, algo que pudesse tocar e não fosse ofendê-lo, que pudesse mexer sem que ele percebesse. Estava tudo no lugar: a mesa, as cadeiras, a escrivaninha com livros e papéis, o armário com os pincéis e a espátula cuidadosamente colocados no alto, o cavalete encostado na parede, as paletas limpas ao lado. Os objetos que entraram no quadro foram guardados no armário ou voltaram ao uso da casa.

Um dos sinos da Nova Igreja deu as horas. Fui olhar na janela. Na sexta batida, descobri o que iria fazer.

Peguei um pouco de água quente no fogão, sabão e panos limpos e levei para o ateliê, onde comecei a limpar as janelas. Tive de subir na mesa para alcançar as vidraças do alto.

Estava lavando a última janela, quando ouvi os passos dele. Virei-me e olhei por cima do ombro esquerdo, os olhos arregalados. — Senhor — comecei, nervosa. Não sabia como explicar minha vontade de limpar.

— Pare.

Gelei, assustada por estar fazendo algo que ele talvez não quisesse.

— Não se mexa.

Ele me olhava como se um fantasma tivesse aparecido de repente no ateliê.

— Desculpe, senhor — falei, deixando o pano cair no balde de água. — Devia ter perguntado antes. Mas o senhor não está pintando nada agora e...

Ele pareceu confuso, balançou a cabeça. — Ah, a janelas. Pode continuar o que estava fazendo.

Eu preferia limpar sem que ele estivesse lá, mas, como ficou, não tive escolha. Mergulhei o pano na água, torci e voltei a limpar as vidraças, por dentro e por fora.

Terminei a janela e me afastei para ver o resultado. A luz entrava límpida.

Ele continuou atrás de mim. — O senhor gostou? — perguntei.

— Olhe para mim por cima do ombro, outra vez.

Fiz o que mandou. Estava me estudando. Estava interessado em mim outra vez.

— A luz está mais clara — falei.

— Está, está — concordou ele.

Na manhã seguinte, a mesa estava no canto de pintura, coberta com uma toalha de lã vermelha, amarela e azul. Uma cadeira foi encostada na parede ao fundo e um mapa, dependurado.

Ele havia começado outra vez.

1665

Meu pai queria que eu descrevesse o quadro de novo.

— Mas não mudou nada desde a última vez — avisei.

— Quero ouvir de novo — insistiu ele, inclinando-se na cadeira para ficar mais perto da lareira. Parecia com Frans quando era criança e alguém dizia que a panela estava vazia. Meu pai estava sempre impaciente em março, esperando o inverno terminar, o frio amainar, o sol voltar. Março era um mês imprevisível, nunca se sabia o que ia acontecer. Dias quentes traziam esperança. Aí então a neve e o céu cinzento cobriam a cidade outra vez.

Março era o mês em que nasci.

Parecia que meu pai, por estar cego, detestava o inverno ainda mais. Seus outros sentidos ficaram mais apurados: ele sentia mais frio que minha mãe, além do cheiro de mofo na casa e a maciez dos legumes cozidos. Sofria quando o inverno era longo.

Eu tinha pena dele. Sempre que podia, levava coisas da cozinha de Tanneke: cerejas assadas, damasco seco, uma salsicha fria. Uma vez levei até um punhado de pétalas de rosa secas que encontrei no armário de Catharina.

— A filha do padeiro está num canto iluminado pela luz que vem da janela — comecei a descrever o quadro, paciente. — Está de frente para nós, mas olha a janela, à direita dela. Usa um corpete amarelo e preto, de seda e veludo, uma saia azul-escura e uma touca branca com as duas pontas soltas.

— Do mesmo jeito que você usa? — perguntou meu pai. Nunca tinha perguntado isso, embora eu sempre descrevesse a touca do mesmo jeito.

— É, como eu uso. Quando se olha melhor a touca, vê-se que ele ainda não pintou de branco, mas de azul, violeta e amarelo — acrescentei.

— Mas a touca é branca, você disse.

— Isso é que é estranho. A touca é pintada de muitas cores, mas, quando a gente olha, pensa que é branco.

— Pintar azulejo é muito mais simples — resmungou meu pai. — Você usa o azul e pronto. Azul escuro para os contornos, claro para as sombras. Azul é azul.

E um azulejo é um azulejo e não há nada parecido com os quadros dele, pensei. Queria que meu pai entendesse que o branco não era apenas branco. Foi uma lição que meu patrão me ensinara.

— O que a moça está fazendo? — perguntou ele, pouco depois.

— Segura a alça de um jarro de estanho que está sobre a mesa, parece que ia jogar a água dele pela janela, mas parou no meio e está pensando ou olhando para alguma coisa na rua.

— Mas o que é mesmo que ela está fazendo?

— Não sei. Às vezes, parece que é uma coisa; às vezes, outra.

Meu pai encostou-se na cadeira, aborrecido. — Primeiro, você diz que a touca é branca, mas não é pintada de branco. Depois, diz que a moça está fazendo uma coisa, que também pode ser outra. Está me confundindo — reclamou, esfregando a testa como se estivesse com dor de cabeça.

— Desculpe, pai. Estou tentando descrever bem.

— Mas o que conta o quadro?

— Os quadros dele não contam nada.

Meu pai não respondeu. Ele tinha sido uma pessoa difícil durante o inverno todo. Se Agnes estivesse lá, seria capaz de acalmá-lo. Sempre soubera como fazê-lo rir.

— Mãe, quer as escalfetas para aquecer os pés? — perguntei, afastando-me de meu pai para esconder minha irritação. Desde que ficara cego, conseguia perceber o humor dos outros, se quisesse. Não queria que ele criticasse o quadro sem ter visto, nem que o comparasse aos azulejos que pintava. Eu queria dizer que, se ele visse o quadro, entenderia que não havia nada de confuso. Podia não contar uma história e mesmo assim era um quadro que não se conseguia parar de olhar.

Enquanto meu pai e eu conversávamos, minha mãe se ocupava de assar a carne, aumentar o fogo, colocar os pratos e as canecas na mesa, afiar uma faca para cortar o pão. Sem esperar resposta, peguei os aquecedores de pés e levei-os para o quarto dos fundos, onde guardávamos a turfa. Enchi os aquecedores com a turfa e me censurei por ter zangado com meu pai.

Levei as escalfetas para a lareira e esquentei-as no fogo. Depois, coloquei-as embaixo de nossas cadeiras na mesa e levei meu pai para o lugar dele, enquanto minha mãe servia o assado e a cerveja. Meu pai mordeu a carne e fez cara feia. — Você não trouxe nada da Esquina dos Papistas para amaciar essa coisa? — resmungou.

— Não pude. Tanneke tem estado ranzinza comigo e fiquei longe da cozinha. — Lamentei que as palavras tivessem saído de minha boca.

— Por quê? Por que ficou longe? — Meu pai estava, cada vez mais, procurando defeitos em mim e com isso chegava a tomar partido de Tanneke.

Pensei rápido: — Joguei fora a melhor cerveja deles, um jarro inteiro.

Minha mãe fez um ar de reprovação. Sabia quando eu mentia. Se meu pai não estivesse tão mal, também teria percebido pela minha voz.

Mas eu estava melhorando nas mentiras.

Na hora de ir embora, minha mãe insistiu em me acompanhar até um pedaço do caminho, embora estivesse frio e chovendo muito. Chegamos ao canal Rietveld, tomamos a direção da Praça do Mercado e ela então disse: — Daqui a pouco você vai fazer dezessete anos.

— Na semana que vem — completei.

— E logo será uma mulher.

— Logo. — Fiquei olhando as gotas de chuva caindo no canal. Não gostava de pensar no futuro.

— Ouvi dizer que o filho do açougueiro está lhe dando atenção.

— Quem disse?

Como resposta ela afastou as gotas de chuva da touca e sacudiu o xale.

Não dei importância. — Tenho certeza de que me dá a mesma atenção que às outras moças.

Esperava que ela me apoiasse, me dissesse para ser uma moça direita, para zelar pelo nome da nossa família. Mas disse: — Não seja dura com ele. Sorria e seja simpática.

As palavras me surpreenderam, mas, quando pensei na comida que o filho de um açougueiro poderia trazer, compreendi por que ela havia deixado o orgulho de lado.

Pelo menos não perguntou sobre a mentira que eu falara

antes. Não podia contar para eles o motivo para Tanneke estar zangada comigo. Essa mentira escondia outra maior ainda. Teria de explicar muito.

Tanneke tinha descoberto o que eu estava fazendo à tarde, quando devia costurar.

Eu estava de assistente dele.

Comecei dois meses antes, numa tarde de janeiro, pouco depois do nascimento de Franciscus. Fazia muito frio. Franciscus e Johannes estavam doentes, com tosse e respirando mal. Catharina e a ama-de-leite colocavam os dois ao lado do fogão, na cozinha, enquanto nós sentávamos perto da lareira da lavanderia.

Só ele não estava. Ficava no andar de cima. Não parecia sentir frio.

Catharina apareceu na porta, entre a cozinha e a lavanderia, e avisou: — Alguém tem que ir ao boticário comprar coisas para os meninos. — O rosto dela estava vermelho e ela olhava para mim.

Geralmente, eu era a última escolhida para essas saídas. Ir ao boticário não era como ir ao açougueiro ou ao peixeiro, tarefas que Catharina continuava a me dar depois do nascimento de Franciscus. O boticário era um médico respeitado; Catharina e Maria Thins gostavam de ir lá. Eu não tinha tal privilégio. Mas, como estava tão frio, qualquer incumbência era para o membro menos importante da casa.

Nesse dia, Maertge e Lisbeth não pediram para me acompanhar. Enrolei-me num manto de lã e em xales, enquanto Catharina encomendava flores secas de sabugueiro e elixir de tussilagem. Cornélia ficou me olhando prender as pontas dos xales.

— Posso ir com você? — perguntou, sorrindo com uma ingenuidade bem ensaiada. Às vezes eu me perguntava se era muito severa com ela.

— Não — respondeu Catharina por mim. — Está frio demais. Não quero mais um filho doente. Pode ir, então. O mais rápido possível — mandou ela.

Abri a porta da frente e saí. Estava tudo calmo na rua, as pessoas enfiadas dentro de casa. O canal estava congelado, o céu era de um cinzento ameaçador. O vento soprou e enfiei meu nariz mais para dentro das dobras de lã em volta do meu rosto. Ouvi alguém me chamar; olhei em volta, achando que Cornélia tinha me seguido. A porta da frente estava fechada.

Olhei para cima. Ele tinha aberto uma janela e me olhava.

— Senhor?

— Onde vai, Griet?

— Ao boticário, senhor. A patroa pediu. Remédio para os meninos.

— Pode trazer uma coisa para mim também?

— Claro, senhor. — De repente, o vento não parecia tão gelado.

— Espere, vou escrever. — Ele sumiu; num instante voltou e jogou um saquinho de couro. — Dê ao boticário, o papel está dentro. Traga o que lhe entregar.

Concordei e enfiei o saquinho dentro de uma dobra do meu xale, contente com aquele pedido secreto.

O boticário ficava na Koornmarkt, na direção do Portão Roterdã. Embora não fosse longe, cada vez que eu respirava parecia congelar dentro de mim: quando empurrei a porta da loja, não conseguia falar.

Nunca tinha ido a um boticário, nem mesmo antes de me tornar criada, pois minha mãe preparava todos os nossos remédios. A loja dele era uma pequena sala, com prateleiras do teto ao chão. Havia garrafas de todos os tamanhos, alguidares e potes de cerâmica, todos com rótulos. Desconfiei que, mesmo se soubesse ler as palavras, não entenderia o que tinha em cada recipiente. Embora o frio acabasse com todos os cheiros, a sala tinha um perfume que não reconheci, como algo da floresta, escondido embaixo de folhas molhadas.

Só tinha visto o boticário uma vez, quando ele fora à festa de Franciscus, poucas semanas antes. Era um homem careca e esguio, parecia um filhote de passarinho. Ficou surpreso de me ver. Pouca gente se aventurava a sair com aquele frio. Estava sentado atrás de uma mesa onde havia uma balança pequena; aguardou que eu falasse.

— Vim a mando de meu patrão e minha patroa — falei num jato, quando minha garganta aqueceu o suficiente. Ele olhou sem entender e acrescentei: — Os Vermeer.

— Ah, como vai a família aumentada?

— Os meninos estão doentes. Minha patroa precisa de flores de sabugueiro secas e elixir de tussilagem. E meu patrão — entreguei o saquinho. Ele pegou com uma cara inquieta, leu o papel e concordou. — Precisa de tinta preta feita com carvão de osso e tinta ocre. Isso é fácil. Mas ele nunca mandou ninguém buscar o material das tintas antes. — Devolveu-me o papel e disse: — Ele mesmo vem. Isso é novidade.

Não falei nada.

— Pode sentar. Aqui, ao lado da lareira, enquanto eu faço suas coisas. — Ficou ocupado, abrindo potes e pesando montinhos de botões de flores secas, medindo xarope numa garrafa, embrulhando tudo com cuidado e amarrando com barbante. Colocou algumas coisas no saquinho de couro. As outras ficaram separadas.

— Ele precisa de telas? — perguntou, olhando sobre o ombro, enquanto guardava um pote numa prateleira alta.

— Não sei, senhor. Pediu para levar só o que estava no papel.

— Isso é novidade, novidade mesmo. — Olhou-me de cima a baixo. Aprumei-me: a atenção dele me fez desejar ser mais alta. — Bom, afinal de contas está frio. Ele só sairia de casa se precisasse. — Entregou-me os pacotinhos e o saquinho e abriu a porta para mim. Na rua, olhei para ele, que continuava me seguindo por uma janelinha da porta.

Cheguei em casa e primeiro entreguei os pacotes de Catharina. Depois, fui correndo para a escada. Ele tinha descido e estava esperando. Tirei a encomenda da dobra do meu xale e entreguei.

— Obrigado, Griet — disse ele.

— O que está fazendo? — Cornélia estava nos observando de longe, no corredor.

Para minha surpresa, ele não respondeu. Apenas se virou e subiu a escada, deixando-me sozinha com ela.

A verdade era a resposta mais fácil, mas eu costumava não ter muita vontade de falar a verdade para Cornélia. Nunca sabia o que ela faria. — Comprei material de pintura para seu pai — expliquei.

— Ele pediu?

Respondi como o pai dela: fui indo para a cozinha, tirando os xales. Tinha medo de responder, não queria causar problema para ele. Já sabia que era melhor ninguém saber que saíra também para ele.

Fiquei pensando se Cornélia contaria para a mãe o que viu. Embora jovem, era esperta como a avó. Podia contar para Catharina, numa hora bem apropriada.

Ela me deu a resposta poucos dias depois.

Era um domingo e eu estava no porão, mexendo na arca onde guardava minhas coisas, procurando uma gola que minha mãe bordara para mim. Vi logo que meus poucos pertences tinham sido revirados: as golas estavam desdobradas, uma das minhas camisas, embolada e enfiada num canto, o pente de tartaruga sem o lenço que o embrulhava. O lenço onde havia guardado o azulejo pintado por meu pai estava tão bem dobrado que desconfiei. Fui ver e o azulejo estava partido ao meio. Tinha sido quebrado para separar o menino e a menina: o menino olhava para trás, para nada, e a menina estava só, com o rosto escondido pela touca.

Chorei. Cornélia não podia imaginar como aquilo me magoara. Eu teria ficado menos triste se ela tivesse arrancado as cabeças das duas imagens.

Ele começou a me pedir para fazer outras coisas. Um dia, quis que comprasse óleo de linhaça no boticário, quando voltasse das barracas de peixe. Era para deixar no alto da escada. Desse modo, ele e a modelo não seriam perturbados. Foi o que disse. Talvez estivesse preocupado que Maria Thins, Catharina ou Tanneke (ou Cornélia) notassem que eu fosse ao estúdio numa hora inesperada.

Naquela casa os segredos não eram facilmente guardados.

Um outro dia ele quis que eu trouxesse do açougueiro uma bexiga de porco. Não entendi por que precisava daquilo até que me disse para todo dia, terminada a limpeza, arrumar as tintas que ele usaria. Abriu as gavetas do armário perto do cavalete, mostrou as tintas que havia lá e deu o nome de cada uma. Não conhecia muitas das palavras: ultramarino, cinabrino, massicote. O marrom e o amarelo-terra, o preto de osso queimado e o grafite branco eram guardados em pequenos potes de cerâmica cobertos com pergaminho para não secar. As cores mais valiosas (os azuis, vermelhos e amarelos) ficavam em bexigas de porco. Fazia-se um buraco na bexiga e por ali se apertava a tinta, depois se fechava com uma tacha.

Um dia, eu estava limpando o ateliê, ele entrou e pediu para eu ficar no lugar da filha do padeiro, que estava doente e não poderia posar. — Quero ver um detalhe, preciso de alguém ali — disse ele.

Obediente, segurei o jarro de água e coloquei a outra na esquadria da janela, que estava meio aberta e por onde entrava um vento frio que batia no meu rosto e peito.

Vai ver que foi por isso que a filha do padeiro ficou doente, pensei.

Ele tinha aberto todas as cortinas, e o quarto nunca estivera tão claro.

— Abaixe o queixo e olhe para baixo, não para mim. Isso, certo. Não se mexa.

Ele estava no cavalete. Não pegou a paleta, nem a espátula ou os pincéis. Estava apenas sentado, com as mãos no colo, olhando.

Enrubesci. Não tinha pensado que fosse me olhar tão firme.

Tentei pensar em alguma coisa. Olhei pela janela e vi um barco passando pelo canal. O homem remando era o mesmo que me ajudara a pegar o balde na água, no primeiro dia de trabalho. Quanta coisa mudou desde aquela manhã, pensei. Eu nunca tinha visto um quadro dele. E agora estava posando para um.

— Não olhe para o que está olhando — mandou ele. — Vejo no seu rosto. Você está se distraindo.

Tentei não olhar para nada e pensar em outras coisas. Pensei no dia em que minha família foi ao campo colher ervas. Pensei num enforcamento a que assistira na Praça do Mercado, no ano anterior, de uma mulher que havia matado a filha quando estava bêbada e teve um acesso de fúria. Pensei no rosto de Agnes na última vez que a vi.

— Está pensando muito — disse ele, mudando a cadeira de lugar.

Senti como se tivesse lavado uma banheira inteira de lençóis, mas não tivesse conseguido limpá-los. — Desculpe, senhor. Não sei o que fazer.

— Tente fechar os olhos.

Fechei. Num instante senti a esquadria da janela e o jarro na minha mão me ancorando. Mais a parede atrás de mim, a mesa à esquerda e o ar frio que vinha da janela.

Deve ser assim que meu pai se sente, pensei, com espaço a toda volta e o corpo ciente de onde está.

— Bom. Está bom. Obrigado, Griet. Pode continuar a limpeza — disse ele.

Eu nunca tinha visto um quadro desde o começo da pintura. Pensei que se pintava o que se via, usando as cores que se viam.

Ele me ensinou.

Começou a pintar a filha do padeiro com uma camada de cinza claro sobre a tela branca. Depois, fez marcas marrons-avermelhadas para indicar onde ficariam a moça, a mesa, o jarro, a janela e o mapa. Pensei que então fosse pintar o que via: o rosto da moça, uma saia azul, um corpete amarelo e preto, um mapa marrom, um jarro com bacia de prata, uma parede branca. Mas ele deu pinceladas de cor: preto para a saia dela, ocre para o corpete e o mapa na parede, vermelho para o jarro e a bacia onde ficava o jarro, outro cinza na parede. Eram cores diferentes, nenhuma delas a verdadeira. Ele passava um bom tempo pintando essas falsas cores, como eu chamava.

Às vezes, a moça vinha posar e ficava horas, mas quando eu olhava o quadro, na manhã seguinte, não tinha nada a mais, nem a menos. Só áreas de cor que não formavam figuras, por mais que se olhasse. Eu sabia o que aquelas manchas seriam porque limpava os objetos e vi o que a moça usava quando a olhei um dia no grande cômodo, vestindo o corpete amarelo e preto de Catharina.

Eu relutava em colocar as cores que ele pedia a cada manhã. Um dia, deixei também um azul. Na segunda vez em que aconteceu isso, ele disse: — Não quero ultramarino, Griet. Só as tintas que pedir. Por que você colocou se eu não queria? — Estava zangado.

— Desculpe, senhor, é que — tomei fôlego — ela está de saia azul. Achei que o senhor fosse pedir. Por isso, não deixei o preto.

— Quando precisar, eu peço.

Concordei e fui lustrar a cadeira de cabeça-de-leão. Meu peito doía. Não queria que ele zangasse comigo.

Ele abriu a janela do meio e o ateliê ficou muito frio.

— Griet, venha cá.

Deixei meu pano no peitoril da janela e fui.

— Olhe pela janela.

Olhei. Era um dia de vento, com as nuvens sumindo por trás da torre da Nova Igreja.

— De que cor são aquelas nuvens?

— Ora, brancas, senhor.

Ele levantou um pouco a sobrancelha. — São mesmo?

Olhei-as. — Cinzas também. Talvez vá chover.

— Vamos, Griet, você pode melhorar. Pense nos seus legumes.

— Meus legumes, senhor?

Ele moveu de leve a cabeça. Estava se irritando outra vez. Minha mandíbula endureceu.

— Pense em como você separou os brancos. Os nabos e as cebolas têm o mesmo branco?

De repente, entendi. — Não, o nabo tem verde, a cebola tem amarelo.

— Exatamente. Então, que cores você vê naquelas nuvens?

— Tem um pouco de azul — descobri, depois de prestar atenção alguns minutos. — E amarelo também. Até verde! — Fiquei tão animada que apontei para elas. Olhei as nuvens a vida inteira, mas parecia que as estava vendo pela primeira vez.

Ele sorriu. — Você vai ver que há muito pouco branco puro nas nuvens, embora as pessoas digam que são brancas. Agora entende por que eu ainda não preciso do azul?

— Sim, senhor. — Não entendi completamente, mas não queria admitir. Achava que tinha quase entendido.

Quando, finalmente, ele começou a colocar cores de verdade por cima das falsas, vi o que queria dizer. Pintou um azul claro na saia da moça e ficou azul com toque de preto, mais escuro na sombra da mesa, mais claro perto da janela. Acrescentou o amarelo ocre à parede, onde aparecia um pouco de cinza. Ficou uma parede clara, mas não branca. Descobri que, quando a luz brilhou na parede, não era branca, mas de várias cores.

O jarro com a bacia foi mais complicado: ficaram amarelos, marrons, verdes e azuis. Refletiam a trama da toalha de mesa, o corpete da moça, o pano azul dobrado sobre a cadeira: tudo, menos a verdadeira prata. E mesmo assim os dois pareciam como eram, um jarro com bacia.

A partir desse dia, eu não parava de olhar as coisas.

Ficou mais difícil esconder o que eu estava fazendo no ateliê, depois que ele precisou de mim para preparar as tintas. Um dia de manhã, ele me levou para o sótão, onde se chegava subindo uma escada do quarto de despejo que ficava ao lado do ateliê. Nunca tinha ido lá. Era um cômodo pequeno, com o teto bem inclinado e uma janela para entrar luz e de onde se avistava a Nova Igreja. Havia pouco mais que um pequeno armário e uma mesa de pedra com um buraco onde tinha uma pedra em forma de ovo com uma das pontas reta. Vi uma mesa parecida na fábrica de azulejos de meu pai. Havia também algumas vasilhas (bacias e pratos rasos de cerâmica), além de tenazes ao lado da pequena lareira.

— Griet, gostaria que você moesse umas coisas para mim — disse ele. Abriu uma gaveta do armário e pegou um bastão preto do tamanho do meu dedo mindinho. — Isso é osso queimado para fazer tinta preta — explicou.

Colocou-o no buraco no meio da mesa e juntou uma coisa pastosa com cheiro de bicho. Depois, pegou a pedra, que chamava de moedor, e me mostrou como usar o peso do meu corpo para esmagar o osso. Em poucos minutos, transformou tudo numa pasta fina.

— Tente você. — Colocou a pasta preta na pequena tigela junto com outro pedaço de osso. Peguei o moedor e tentei imitar o gesto dele, inclinada sobre a mesa.

— Não, sua mão faz assim. — Ele colocou a mão sobre a minha. O toque me assustou tanto que soltei o moedor, que rolou pela mesa e caiu no chão.

Dei um pulo e peguei-o. — Desculpe, senhor — murmurei, colocando o moedor no lugar.

Ele não tentou me tocar outra vez.

— Mexa a sua mão um pouco para cima — mandou. — Assim. Agora, use o ombro para esmagar e o punho para terminar.

Levei muito mais tempo que ele para moer meu pedaço, pois era desajeitada e estava aturdida por ele ter pego em mim. Além de ser menor que ele e não saber que movimento devia fazer. Pelo menos meus braços eram fortes, de torcer roupa.

— Um pouco mais fino — sugeriu ele quando olhou na mesa. Moí alguns minutos mais até ele achar que estava pronto e fazer eu pegar a pasta entre dois dedos para saber a finura que queria. Depois, colocou várias peças de osso sobre a mesa. — Amanhã vou mostrar como moer grafite branco. É muito mais fácil do que osso.

Olhei para o osso.

— O que foi, Griet? Não está assustada com uns ossos, está? São iguais ao pente de osso que usa para pentear o cabelo.

Eu jamais seria tão rica para usar um pente daqueles. Penteava o cabelo com os dedos.

— Não é isso, senhor. — Tudo o mais que ele tinha pedido eu podia fazer enquanto limpava ou fazia compras. Só Cornélia andava desconfiada. Mas moer levaria tempo: não poderia fazer enquanto limpasse o ateliê e não poderia dizer aos outros por que às vezes precisava ir ao sótão, deixando de lado minhas outras tarefas. — Vai demorar para moer — comentei, baixo.

— Depois que você se acostumar, não demora tanto quanto hoje.

Eu detestava argumentar ou desobedecer, ele era meu patrão. Mas tinha medo das mulheres lá de baixo. — Tenho que ir ao açougue agora e passar a roupa, senhor. Para a patroa. — Minhas palavras pareciam bobas.

Ele não se mexeu. — Ao açougue? — Ficou sério.

— Sim, senhor. A patroa vai perguntar por que não faço meus outros serviços. Vai perguntar o que estou fazendo aqui para o senhor. Não posso vir aqui por nada.

Fez-se um longo silêncio. O sino da Nova Igreja bateu sete vezes.

— Sei — murmurou, quando o sino parou. — Vou pensar nisso. — Tirou um pouco do osso, guardou na gaveta e mostrou o que sobrou: — Faça só isso agora. Não vai demorar. Preciso sair, deixe aí quando terminar.

Ele teria de falar com Catharina sobre o meu trabalho. Assim, seria mais fácil eu fazer coisas para ele.

Esperei, mas ele não disse nada para Catharina.

A solução do problema das tintas veio inesperadamente, graças a Tanneke. Desde o nascimento de Franciscus, a ama-de-leite dormia no quarto da Crucificação com Tanneke. De lá ela podia ir facilmente para o grande cômodo amamentar o bebê, quando ele acordava. Embora Catharina não amamentasse, fazia questão que Franciscus ficasse num berço ao lado da cama dela. Eu achava estranho, mas ela decerto queria manter a imagem de mãe, sem os deveres.

Tanneke não gostava de dividir o quarto com a ama, reclamava que ela levantava a toda hora para atender o bebê e dormia roncando. Tanneke dizia isso para todo mundo, quer ouvissem ou não. E começou a relaxar o serviço dizendo que era porque estava dormindo mal. Maria Thins disse que não se podia fazer nada, mas Tanneke continuou reclamando. Costumava olhar torto para mim, pois antes de eu morar lá ela dormia no porão sempre que se contratava uma ama. Era como se eu fosse culpada pelos roncos da ama.

Uma noite, ela foi falar com Catharina, que se preparava para uma recepção na casa dos van Ruijven, apesar do frio. Estava de bom humor: o colar de pérolas e o casaco amarelo sempre a deixavam feliz. Sobre o casaco, ela colocou uma capa de linho que cobria os ombros e impedia que o pó de arroz caísse na roupa. Tanneke desfiou suas reclamações e Catharina continuava se empoando e se olhando num espelho para ver o resultado. O cabelo tinha sido penteado com tranças e fitas e, se mantivesse a cara alegre, estava muito bonita; a combinação do cabelo louro com os olhos castanhos a fazia parecer exótica.

Finalmente, ela entregou o pincel de pó-de-arroz para Tanneke. — Pare! — gritou, rindo. — Precisamos da ama e ela precisa dormir perto de mim. Não há lugar no quarto da menina, mas tem no seu. Por isso ela está lá. Não posso fazer nada. Por que fica me amolando?

— Talvez possa ser feita uma coisa — disse ele. Tirei os olhos do armário onde estava procurando um avental para Lisbeth. Ele estava na soleira da porta. Catharina olhou para o marido, surpresa. Ele raramente demonstrava interesse pelos assuntos domésticos. — Ponha uma cama no sótão e deixa alguém dormir lá. Griet, talvez.

— Griet no sótão? Por quê? — indagou Catharina.

— Então Tanneke pode ficar no porão, como quer — explicou ele, gentil.

— Mas... — Catharina parou, confusa. Parecia discordar da idéia, sem saber por quê.

— Ah, sim, madame. — Tanneke interrompeu, animada. — Isso certamente ajudaria — e olhou para mim.

Fiquei dobrando outra vez as roupas das crianças, embora já estivessem arrumadas.

— E a chave para o ateliê? — Catharina finalmente encontrou um motivo. Só havia uma entrada para o sótão, que era pela escada no quarto de despejo ao lado do ateliê. Para chegar na minha cama eu teria de passar pelo ateliê, que ficava trancado à noite. — Não podemos dar a chave para uma criada.

— Ela não vai precisar de chave. Você tranca o ateliê quando ela for deitar. De manhã, ela limpa o ateliê antes de você abrir a porta — solucionou ele.

Parei minha arrumação. Não gostava da idéia de ficar trancada no quarto à noite.

Infelizmente, a idéia agradou a Catharina. Talvez achasse que me trancando eu ficaria ao mesmo tempo segura e fora das vistas dela. — Então está certo — decidiu. Em geral, ela tomava decisões rápidas. Ficou de frente para Tanneke e eu: — Amanhã, vocês duas levem uma cama para o sótão. Isso é temporário, só até precisarmos da ama.

Temporário como seriam minhas idas ao açougue e à peixaria, pensei.

Ele chamou Catharina: — Venha comigo ao ateliê um instante. — Estava olhando para ela de um jeito que eu começava a conhecer: com olhar de pintor.

— Eu? — Catharina sorriu para o marido. Convites para ir ao ateliê eram raros. Ela largou o pincel de pó com um floreio e começou a tirar a capa, que estava cheia de pó-de-arroz.

Ele pegou na mão dela. — Fique com essa capa.

Foi tão surpreendente quanto à idéia de me mudar para o sótão. Quando ele subiu a escada com Catharina, Tanneke e eu nos entreolhamos.

No dia seguinte, a filha do padeiro estava com a capa branca, posando para o quadro.

Não era fácil enganar Maria Thins. Quando Tanneke contou, satisfeita, que ia se mudar para o porão e eu para o sótão, Maria Thins deu uma baforada no cachimbo, franziu o cenho e falou, apontando o cachimbo para nós: — Vocês podiam apenas trocar. Griet dorme com a ama e você vai para o porão. Assim não precisa ninguém ficar no sótão.

Tanneke não estava ouvindo: cheia de si pela vitória, não percebeu a lógica da patroa.

— A jovem patroa aceitou — avisei Maria Thins, discreta.

Maria Thins me deu um longo olhar de soslaio.

Dormir no sótão facilitaria meu trabalho lá, mas eu continuaria com pouco tempo. Podia acordar mais cedo e deitar mais tarde, mas às vezes ele me dava tanta coisa para fazer que tinha de dar um jeito de subir à tarde, na hora em que costumava sentar ao lado da lareira e costurar. Passei a reclamar que não enxergava minha costura na cozinha escura e precisava da luz do meu iluminado quarto no sótão. Ou dizia que estava com dor de estômago e queria deitar. Maria Thins me dava o mesmo olhar de soslaio a cada vez que ouvia uma desculpa, sem comentar nada.

Fui me acostumando a mentir.

Depois que ele sugeriu que eu dormisse no sótão, deixou por minha conta dar um jeito de trabalhar para ele. Nunca me ajudou a inventar uma mentira, nem perguntou se eu tinha tempo para aquele trabalho. Dava as ordens de manhã e esperava que estivesse tudo pronto na manhã seguinte.

Era difícil esconder o trabalho que eu fazia com as tintas. E eu adorava moer coisas que ele trazia do boticário (ossos, grafite branco, garancina, massicote) para ver o brilho e a pureza que podia obter nas tintas. Aprendi que quanto mais moído o pó, mais escura a cor. Dos grãos duros da garancina fazia um pó fino, vermelho forte que, misturado com óleo de linhaça, se transformava numa cor reluzente. Fazer essa e as outras cores era coisa de mágico.

Com ele também aprendi a lavar as substâncias para tirar as impurezas e deixar a cor pura. Usava várias conchas como tigelas rasas e lavava muitas vezes, até trinta lavagens para tirar o giz, a areia ou o cascalho. Era uma tarefa longa e cansativa, mas maravilhosa: ver a cor clarear a cada lavagem e ficar mais próxima do que precisava.

A única cor que ele não deixava que eu mexesse era o ultramarino. O lápis-lazúli era tão caro e o processo para extrair o azul puro da pedra tão difícil que ele mesmo fazia.

Acostumei-me a estar perto dele. Às vezes, ficávamos lado a lado no pequeno sótão, eu moendo o grafite branco, ele lavando lápis-lazúli ou queimando ocres no fogo. Falava pouco, era um homem calado. Eu também era quieta. O ambiente ficava tranqüilo, com a luz entrando pela janela. Quanto terminávamos, um derramava água de um jarro nas mãos do outro para limpar.

O sótão era muito frio, embora tivesse uma pequena lareira que ele usava para aquecer o óleo de linhaça ou queimar cores; eu não ousava acendê-la, a menos que ele mandasse. Senão teria de explicar a Catharina e a Maria Thins por que a turfa e a lenha estavam acabando tão rápido.

Não me incomodava muito com o frio quando ele estava lá. Se ficava perto de mim, sentia o calor do corpo dele.

Uma tarde, eu estava lavando um pouco de massicote que tinha acabado de moer quando ouvi Maria Thins chamando do ateliê. Ele estava pintando e de vez em quando a filha do padeiro dava um suspiro.

— Está com frio, menina? — perguntou Maria Thins para ela.

— Um pouco — foi a débil resposta.

— Por que ela não tem uma escalfeta para aquecer os pés?

Ele respondeu tão baixinho que não ouvi.

— Os pés dela não vão aparecer no quadro. Não queremos que adoeça outra vez.

De novo, não ouvi o que ele disse.

— Griet pode arrumar para a moça — sugeriu Maria Thins. — Griet deve estar no sótão, disse que estava com dor de estômago. Vou chamá-la.

Ela foi mais rápida do que imaginei para uma senhora idosa. Na hora em que coloquei o pé no primeiro degrau da escada, ela estava no meio. Dei um passo atrás. Não podia fugir dela e não havia tempo para esconder nada.

Maria Thins entrou no sótão e na mesma hora viu as conchas enfileiradas sobre a mesa, o jarro de água e meu avental respingado de amarelo do massicote.

— Ah, então é isso que você anda fazendo aqui em cima, menina? Foi o que pensei.

Baixei os olhos. Não sabia o que dizer.

— Dor de estômago, olhos irritados. Nem todo mundo nessa casa é idiota, sabe.

Pergunte a ele, eu tinha vontade de dizer. É meu patrão. O trabalho é para ele.

Mas ela não perguntou. Nem ele apareceu no alto da escada para explicar.

Houve um longo silêncio. E Maria Thins disse: — Há quanto tempo você está ajudando, menina?

— Algumas semanas, madame.

— Notei que nas últimas semanas ele tem pintado mais rápido.

Levantei os olhos. O rosto dela estava calculando.

— Você ajuda a pintar mais rápido, menina. E vai continuar aqui. Não diga uma só palavra para minha filha, nem para Tanneke — recomendou ela, baixinho.

— Sim, madame.

Ela riu. — Eu devia ter percebido, esperta como você é. Quase conseguiu até me enganar. Agora, arrume aquecedores de pés para aquela pobre moça lá.

Continuei dormindo no sótão. Não tinha quadro de crucificado dependurado nos pés da cama para me perturbar. Não tinha nem quadro, só o cheiro agradável do óleo de linhaça e o almíscar dos pigmentos de terra. Gostava da vista da Nova Igreja e do silêncio. Ninguém ia lá, só ele. As meninas não me visitavam como faziam às vezes no porão, nem mexiam escondido nas minhas coisas. Eu me sentia só, pousada acima da casa barulhenta, podendo vê-la a distância.

Como ele.

O melhor, entretanto, era que eu podia passar mais tempo no ateliê. Às vezes, à noite, eu me enrolava num lençol e me levantava devagar, quando a casa estava adormecida. Olhava à luz de uma vela o quadro que ele estava pintando ou abria um pouco a janela para entrar a luz da lua. Sentava no escuro numa das cadeiras cabeça-de-leão encostadas na mesa e apoiava o braço na toalha de lã azul e vermelha. Fazia de conta que estava com o corpete amarelo e preto e o colar de pérolas, segurando uma taça de vinho, à mesa com ele.

Só havia uma coisa de que eu não gostava no sótão. Ficar trancada à noite.

Catharina pegou a chave do ateliê com Maria Thins e passou a abrir e fechar a porta. Deve ter achado que assim me controlava um pouco. Não gostava que eu dormisse no sótão, ficava mais perto dele, no lugar onde ela não podia entrar e onde eu podia flanar à vontade.

Deve ser duro para uma esposa aceitar um arranjo desses.

Durante algum tempo, funcionou. Por algumas semanas, consegui escapar à tarde para lavar e moer as tintas para ele. Catharina costumava dormir à tarde: Franciscus não sossegava, acordava-a durante a noite e ela dormia de dia. Tanneke também dormia ao lado da lareira e eu podia sair da cozinha sem precisar de desculpa. As meninas se ocupavam com Johannes, ensinando-o a andar e falar, quase nunca percebiam minha ausência. Se percebessem, Maria Thins diria que eu tinha ido à rua para ela ou estava pegando alguma coisa no quarto dela, costurando alguma roupa que precisava da luz forte do sótão. Afinal, elas eram crianças, viviam num mundo particular, indiferentes à vida dos adultos, exceto quando afetava diretamente a delas.

Pelo menos, era o que eu pensava.

Uma tarde, estava lavando grafite branco quando Cornélia me chamou lá de baixo. Rápido, antes de descer, limpei as mãos e troquei o avental que usava no sótão pelo que vestia no diário. Ela estava na soleira do estúdio, olhando como se estivesse à beira de uma poça, com vontade de pisá-la.

— O que foi? — perguntei, um tanto ríspida.

— Tanneke está chamando — disse ela, e encaminhou-se para a escada. Não desceu: — Pode me ajudar, Griet? — perguntou, candidamente. — Vá na frente porque, se eu cair, você me segura. A escada é tão íngreme.

Ela não costumava ter medo, mesmo de uma escada que não usava muito. Fiquei sensibilizada ou talvez culpada pela rispidez com ela. Desci, virei para trás e chamei-a: — Pronto, venha.

Cornélia estava no alto da escada, com as mãos nos bolsos

do avental. Começou a descer, com uma das mãos no corrimão e a outra fechada, no bolso. No meio da escada ela pulou, caindo em cima de mim e machucando minha barriga. Quando se levantou, jogava a cabeça para trás e fechava os olhos de tanto rir.

— Menina boba — reclamei, arrependida da minha gentileza.

Fui para a cozinha, onde estava Tanneke com Johannes no colo.

— Cornélia disse que você queria falar comigo.

— Queria, ela rasgou uma das golas e quer que você conserte. Não sei por que não quis que eu mexesse, sabe que remendo melhor. — Quando me entregou a gola, os olhos de Tanneke bateram no meu avental. — O que houve? Você se cortou?

Um risco de areia vermelha atravessava minha barriga como uma vidraça trincada. Lembrei-me dos aventais dos dois Pieter, pai e filho.

Tanneke se aproximou. — Não é sangue. Parece pó. Como foi isso?

Olhei: era garancina. Tinha moído algumas semanas antes.

Só eu ouvi o riso abafado, no corredor.

Cornélia tinha esperado uma oportunidade para fazer aquela maldade. Tinha até conseguido entrar no sótão para roubar o pó.

Não consegui responder logo. Fiquei calada e Tanneke desconfiou ainda mais: — Você andou mexendo nas coisas do patrão? — perguntou, num tom acusador. Afinal, ela havia posado para ele e sabia o que tinha no ateliê.

— Não, foi — parei. Se eu fizesse uma intriga com Cornélia, pareceria bobo e não impediria Tanneke de descobrir o que eu fazia no sótão.

— Acho melhor a patroa jovem ver isso — resolveu ela.

— Não — pedi, rápido.

Tanneke se levantou como pôde com um bebê dormindo no colo. — Tire o avental, vou mostrar para a patroa jovem — mandou.

— Tanneke, se sabe o que é melhor, não fale com Catharina, mas com Maria Thins. Sem que as meninas estejam por perto — pedi, olhando-a de frente.

Foram essas palavras ameaçadoras que mais prejudicaram minha relação com Tanneke. Eu não queria falar com aquele tom, mas queria de qualquer maneira impedir que contasse para Catharina. Tanneke nunca me perdoou por tratá-la como se fosse inferior a mim.

Pelo menos, minha palavras surtiram efeito. Tanneke me olhou duro e zangada, mas por trás havia incerteza e desejo de contar para a amada patroa dela. Ficou entre esse desejo e a vontade de me desobedecer e punir meu desaforo.

— Fale com sua patroa, mas só com ela — avisei, baixinho.

Embora estivesse de costas para a porta, sabia que Cornélia estava ouvindo.

A intuição de Tanneke venceu. Com uma cara impassível, entregou Johannes para mim e foi procurar Maria Thins. Antes de colocá-lo no colo, limpei os pigmentos vermelhos com um pano que joguei no fogo da lareira. O avental ainda ficou manchado. Sentei abraçada ao bebê e esperei que traçassem o meu destino.

Nunca soube o que Maria Thins disse a Tanneke, que ameaças ou promessas fez para que ela se calasse. Mas deu certo: Tanneke não comentou do meu trabalho no sótão com Catharina, com as meninas, nem comigo. Mas ficou muito mais exigente, de propósito. Mandava eu voltar às barracas de peixe com o bacalhau que tinha pedido, depois jurava que havia pedido linguado. Quando cozinhava, derramava tudo, espirrando bastante gordura no avental para eu deixar de molho mais tempo e esfregar com mais força para tirar a sujeira. Deixava baldes para eu esvaziar e parou de trazer água para encher a cisterna da cozinha ou esfregar os assoalhos. Sentava e me olhava com raiva, recusando-se a tirar os pés: eu tinha de limpar em volta para depois descobrir que sob um dos pés havia uma poça grudenta de gordura.

Deixou de me tratar bem. Fazia com que eu me sentisse sozinha numa casa cheia de gente.

Por isso, não ousei mais pegar coisas gostosas da cozinha para agradar meu pai. E não dizia a eles como tudo era difícil para mim na Oude Langendijck, dos cuidados que precisava ter para ficar no emprego. Também não podia contar as poucas coisas boas: as tintas que fazia, as noites em que ficava sozinha no ateliê, os momentos em que trabalhávamos juntos e eu me alegrava com a presença dele.

Eu só podia contar a respeito dos quadros.

Uma manhã de abril, quando o frio foi finalmente embora, eu estava andando pela Koornmart rumo ao boticário quando Pieter, o filho, surgiu ao meu lado e me deu bom-dia. Eu não o havia visto. Estava de avental limpo e carregava um pacote para entregar na Koornmarkt. Ia na mesma direção que eu e perguntou se podia me acompanhar. Aceitei, não podia dizer não. Durante o inverno o via uma ou duas vezes por semana no Mercado de Carnes. Sempre foi difícil olhar para ele, seus olhos pareciam agulhas espetando minha pele. A atenção dele me incomodava.

— Você parece cansada. Está com os olhos vermelhos, obrigam você a trabalhar demais — comentou.

Era verdade, estavam me fazendo trabalhar demais. Meu patrão me deu tanto osso para moer que eu precisava acordar bem cedo. E, na noite anterior, Tanneke me fez ficar até tarde para lavar o chão da cozinha outra vez, depois que ela engordurara tudo.

Não queria culpar meu patrão. Por isso disse a Pieter: — Tanneke está contra mim e me obriga a fazer mais coisas. — E acrescentei: — Como está esquentando, estamos tirando o inverno da casa, limpando tudo. — Assim, Pieter, o filho, não iria pensar que estava reclamando dela.

— Tanneke é esquisita, mas fiel — disse ele.

— A Maria Thins, sim.

— À família também. Lembra quando defendeu Catharina do irmão louco?

Neguei, balançando a cabeça. — Não sei disso.

Pieter ficou surpreso. — Foi assunto do Mercado durante vários dias. Ah, mas você não faz intrigas, não é? Fica atenta, mas não conta nada, nem ouve. — Ele parecia aprovar meu comportamento. — Eu escuto o dia inteiro as velhas na fila para serem atendidas. Não tem jeito, acabo guardando alguma coisa.

— O que Tanneke fez? — perguntei, sem querer.

Pieter sorriu. — Foi quando sua patroa estava carregando o penúltimo filho. Como se chama ele?

— Johannes, como o pai.

O sorriso de Pieter turvou como o sol ao passar uma nuvem. — Sim, o mesmo nome do pai. — E voltou à história: — Um dia, Willem, o irmão de Catharina, foi até a Oude Langendijck e bateu nela, bem no meio da rua. Catharina estava com um barrigão.

— Por que ele bateu?

— Dizem que falta um parafuso nele. Sempre foi violento. O pai também. Sabia que o pai e Maria Thins se separaram há muitos anos? Ele costumava bater nela.

— Bater em Maria Thins? — repeti, admirada. Nunca imaginei que alguém pudesse bater nela.

— Quando Willem começou a bater em Catharina, parece que Tanneke ficou no meio dos dois para protegê-la. Chegou a dar um sonoro soco nele.

Pensei: onde estava meu patrão quando isso aconteceu? Não podia ter ficado no ateliê. Não podia. Devia estar na guilda, ou com van Leeuwenhoek ou na Mechelen, a hospedaria da mãe.

— Maria Thins e Catharina conseguiram manter Willem preso no ano passado — continuou Pieter. — Não pode sair da casa onde está. Por isso você não o viu. Mas nunca soube disso? Não comentam na casa?

— Comigo, não. — Pensei em todas as vezes em que Catharina e a mãe se reuniam no quarto da Crucificação, parando de falar quando eu entrava. — E não fico escutando atrás de portas.

— Claro que não fica. — Pieter sorriu outra vez, como se eu tivesse contado uma piada. Como todo mundo, ele achava que as criadas eram intrigantes. Havia muitas histórias sobre criadas que as pessoas interpretavam como se fossem sobre mim.

Fiquei quieta o resto do caminho. Não sabia que Tanneke podia ser tão leal e corajosa, apesar de tudo que dizia nas costas de Catharina; nem sabia que Catharina tinha passado por aquela situação ou que Maria Thins podia ter um filho assim. Tentei imaginar meu irmão me batendo na rua, mas não consegui.

Pieter não falou mais, percebeu que eu estava confusa. Quando se despediu na frente da casa do boticário, apenas tocou meu ombro e continuou. Tive de parar um instante, olhar a água verde-escura do canal e balançar a cabeça para clarear as idéias e entrar na casa do boticário.

Fiquei trêmula de pensar na faca girando no chão da cozinha de minha mãe.

Num domingo, Pieter, o filho, foi à nossa igreja; provavelmente seguiu meus pais e a mim. Sentou-se nos fundos, pois só o vi quando estávamos fora, conversando com nossos vizinhos. Ele estava de lado me observando. Quando o vi, passei a respirar mais rápido. Pelo menos, pensei, ele é protestante. Não tinha certeza disso. Depois que fui trabalhar na Esquina dos Papistas, não tinha mais certeza de muitas coisas.

Minha mãe acompanhou o meu olhar. — Quem é ele?

— O filho do açougueiro.

Ela ficou esquisita, meio surpresa e meio temerosa: — Vá falar com ele e traga-o aqui — sussurrou.

Obedeci e fui até ele. — Por que está aqui? — perguntei, sabendo que deveria ser mais delicada.

Ele sorriu. — Olá, Griet. Não me cumprimenta?

— Por que está aqui?

— Vou a todas as igrejas de Delft para ver qual a que prefiro. Vou levar algum tempo. — Quando viu meu rosto, mudou de tom: piada não era comigo. — Vim para ver você e conhecer seus pais.

Fiquei tão enrubescida que parecia febril. — Preferia que não — falei, calma.

— Por que não?

— Só tenho dezessete anos. Eu não, não penso nessas coisas ainda.

— Não há pressa — disse Pieter.

Olhei para as mãos dele, estavam limpas, mas ainda havia traços de sangue em volta das unhas. Pensei nas mãos de meu patrão sobre as minhas quando me mostrou como moer o osso e estremeci.

As pessoas nos olhavam, pois ele era estranho naquela igreja. E bonito, até eu admitia: cabelos louros, compridos e cacheados, olhos brilhantes, sorridente. Várias moças tentavam chamar a atenção dele.

— Pode me apresentar a seus pais?

Relutante, levei-o até meus pais. Pieter cumprimentou minha mãe com a cabeça e apertou a mão de meu pai, que deu um passo atrás, nervoso. Desde que perdera a visão, ele ficara tímido com estranhos. E nunca tinha encontrado um homem que demonstrasse interesse por mim.

— Não se preocupe, pai — cochichei para ele, enquanto minha mãe apresentava Pieter para um vizinho. — Você não está me perdendo — falei.

— Já perdemos você, Griet. Desde o dia em que foi ser criada.

Fiquei contente por ele não ver as lágrimas que pularam nos meus olhos.

Pieter, o filho, não vinha toda semana à nossa igreja, mas todo domingo eu ficava nervosa, alisando minha saia mais do que o necessário e apertando muito os lábios quando sentávamos no banco.

— Ele já chegou? Está aqui? — perguntava meu pai todo domingo, virando a cabeça de um lado para outro.

Eu deixava minha mãe responder: — Já está. — Ou então: — Não, ainda não chegou.

Pieter sempre cumprimentava meus pais antes de me cumprimentar. No princípio, eles ficaram sem jeito com ele. Mas Pieter conversava com facilidade, não reparando nas respostas esquisitas e nos longos silêncios. Sabia conversar com as pessoas, já que encontrava tantas na barraca do pai. Depois de vários domingos, meus pais se acostumaram com ele. Logo da primeira vez que meu pai riu de algo que Pieter disse, ele ficou tão surpreso que imediatamente franziu o cenho até que Pieter disse outra coisa para ele rir outra vez.

Havia sempre um momento em que meus pais se afastavam para ficarmos a sós. Prudente, Pieter deixava que eles resolvessem quando seria esse momento. Nas primeiras vezes, não houve isso. Até o domingo em que minha mãe pegou no braço de meu pai e disse: — Vamos falar com o pastor.

Por vários domingos, temi aquele momento até que eu também me acostumei a ficar com ele na frente de tantos olhares atentos. Pieter às vezes mexia comigo de um jeito delicado, mas em geral perguntava o que eu tinha feito durante a semana ou me contava histórias que ouvira no Mercado de Carne ou contava como eram os leilões no Mercado de Animais. Tinha calma quando eu ficava calada, ríspida ou distante.

Nunca perguntou sobre meu patrão. E nunca contei que estava trabalhando com tintas. Gostei que não me perguntasse.

Naqueles domingos, eu me sentia muito confusa. Quando devia estar pensando em Pieter, via que pensava no meu patrão.

Num domingo de maio, eu já trabalhava na casa da Oude Langendijck há quase um ano, e minha mãe, poucos antes de nos deixar a sós, perguntou a Pieter: — Pode ir comer conosco no próximo domingo?

Pieter sorriu enquanto eu, pasma, olhava para ela. — Vou, sim.

Mal escutei o que ele disse depois disso. Quando, finalmente, ele foi embora e voltamos para casa, tive de morder os lábios para não gritar. — Por que não disseram que iam convidar Pieter? — reclamei.

Minha mãe me olhou de soslaio: — Estava na hora de convidarmos. — Não disse mais nada.

Tinha razão: seria indelicado não o convidarmos para a nossa casa. Eu nunca tinha tido uma relação assim com um homem, mas via como era com os outros. Se Pieter era sério, meus pais teriam de tratá-lo com seriedade.

E eu sabia como seria difícil para eles recebê-lo. Na época, meus pais tinham pouco dinheiro. Apesar do meu salário e da lã que minha mãe fiava, eles mal conseguiam comprar comida, menos ainda alimentar mais uma boca (e boca de açougueiro). Eu não podia ajudar muito: tirava o que conseguia da cozinha de Tanneke, uma acha de lenha, algumas cebolas, um pouco de pão. Na semana em que Pieter iria aparecer, eles teriam de comer menos e usar menos lenha na lareira para poderem receber como convinha.

Insistiriam para que ele fosse. Não iam dizer isso para mim, mas devem ter achado que o alimentavam para, no futuro, nós também podermos comer. A esposa de um açougueiro (e os pais dela) sempre comeriam bem. Um pouco de fome antes; barriga cheia depois.

Pieter passou a vir sempre e mandava entregar carne de presente, que minha mãe faria para o domingo. Mas, naquele primeiro jantar de domingo, ela, muito delicada, não serviu carne para o filho do açougueiro. Pelo corte da carne, ele poderia ver como meus pais eram pobres. Minha mãe fez peixe assado acompanhado até de camarões e lagosta. (Nunca me contou como conseguiu pagá-los.)

A casa, embora simples, brilhava com os detalhes que ela arrumou. Pegou alguns dos melhores azulejos de meu pai, os que ela não precisara vender, limpou-os e arrumou-os na parede para que Pieter pudesse vê-los enquanto comia. Ele elogiou o assado, foi sincero. Ela ficou contente, enrubesceu, sorriu e serviu mais. Depois, quis saber dos azulejos e os descreveu até meu pai se lembrar e completar a descrição.

— Griet tem o melhor azulejo de todos, que mostra ela e o irmão — contou ele, depois que viram todos os da sala.

— Gostaria de vê-lo — pediu Pieter.

Olhei para minhas mãos ásperas no colo e engoli em seco. Não tinha contado para eles o que Cornélia fizera com o meu azulejo.

Pieter estava indo embora e minha mãe cochichou para eu acompanhá-lo até o final da rua. Fui, com a certeza de que nossos vizinhos estavam olhando, apesar de ser um dia chuvoso e poucas pessoas estarem na rua. Para mim, parecia que meus pais estavam me empurrando para a rua, que fizeram um acordo e eu estava passando para as mãos de um homem. Pelo menos, era um bom homem, pensei, apesar de as mãos não serem tão limpas quanto poderiam.

Perto do canal Rietveld havia um beco onde Peter me levou, com a mão nas minhas costas. Agnes costumava se esconder lá nas nossas brincadeiras de criança. Encostei no muro e deixei Pieter me dar um beijo. Ele estava tão ansioso que mordeu meus lábios. Não gritei: lambi o sangue salgado e, por cima do ombro dele, olhei para a parede de tijolo em frente, que estava molhada, enquanto ele se encostava em mim. Um pingo de chuva caiu no meu olho.

Não deixaria que ele fizesse tudo o que queria. Pieter deu

um passo atrás e colocou a mão na minha cabeça. Eu virei a cabeça.

— Você gosta de toucas, não? — disse ele.

— Não tenho dinheiro para arrumar o cabelo nem usar touca — expliquei, ríspida. — E também não sou — não terminei a frase. Não precisava dizer a ele que outro tipo de mulher andava de cabeça descoberta.

— Mas sua touca esconde todo o seu cabelo. Por quê? A maioria das mulheres mostra um pouco do cabelo.

Não respondi.

— Que cor é o seu cabelo?

— Castanho.

— Claro ou escuro?

— Escuro.

Pieter sorriu como se estivesse brincando com uma criança. — Liso ou cacheado?

— Nenhum dos dois. Ambos. — Estremeci, confusa.

— Curto ou comprido?

Hesitei. — Abaixo dos ombros.

Ele continuou sorrindo para mim, deu outro beijo e seguiu na direção da Praça do Mercado.

Fiquei insegura nas respostas porque não queria mentir e também não queria que ele soubesse. Meu cabelo era comprido e rebelde. Quando estava solto, parecia ser de outra Griet: uma Griet que ficaria sozinha num beco com um homem, que não era tão calma, calada e arrumada. Uma Griet como as mulheres que ousavam andar de cabeça descoberta. Era por isso que escondia todo o meu cabelo: para não mostrar nada dessa Griet.

Ele terminou o quadro da filha do padeiro. Dessa vez, fui avisada, pois não pediu mais para moer e lavar as tintas. No final do quadro, não usou muita tinta, nem fez mudanças repentinas como na mulher do colar de pérolas. Mudou antes, tirando uma das cadeiras do quadro e mexendo no mapa na parede. Essas mudanças não me surpreenderam tanto porque pude pensar nelas e sabia que eram para melhorar o quadro.

Ele emprestou outra vez a câmara escura de van Leeuwenhoek para olhar a cena pela última vez. Arrumou a câmara e deixou que eu também olhasse. Embora eu continuasse sem entender como aquilo funcionava, passei a admirar as cenas que a câmara pintava lá dentro, as coisas da sala em miniatura e de cabeça para baixo. As cores de simples objetos ficavam mais intensas: a toalha de lã sobre a mesa era mais vermelha, o mapa marrom na parede brilhava como um caneco de cerveja colocado ao sol. Eu não entendia como a câmara ajudava-o a pintar, mas passei a pensar como Maria Thins: se fazia ele pintar melhor, não se discutia.

Mas ele não estava pintando mais rápido. Passou cinco meses trabalhando na moça com o jarro de água. Eu tinha medo de que Maria Thins me acusasse de não ajudar a apressá-lo, mandasse eu arrumar minhas coisas e ir embora.

Ela não fez isso. Sabia que naquele inverno ele estivera ocupado na guilda e na Mechelen. Talvez ela tivesse resolvido esperar e ver se as coisas mudavam no verão. Ou talvez não quisesse reclamar, já que gostara tanto do quadro.

— É pena que uma pintura tão linda seja apenas para o padeiro — lastimou ela, um dia. — Podíamos ter cobrado mais caro, se fosse para van Ruijven. — Era evidente que ele pintava os quadros, mas ela fazia os preços.

O padeiro também gostou do quadro. O dia em que veio

ver foi bem diferente da visita formal de van Ruijven e a esposa, meses antes. O padeiro trouxe a família inteira, incluindo várias crianças e uma ou duas irmãs. Era um homem alegre, com o rosto sempre vermelho pelo calor de seus fornos e o cabelo parecendo ter sido passado na farinha. Recusou o vinho que Maria Thins ofereceu, preferiu uma caneca de cerveja. Adorava crianças e insistiu para que as quatro meninas e Johannes pudessem entrar no ateliê. Elas também o adoravam: cada vez que vinha, trazia mais uma concha para a coleção delas. Naquele dia, trouxe um búzio grande como a minha mão, áspero e cheio de pontas; por fora, era branco e amarelo claro; por dentro, rosa e laranja polido. As meninas ficaram encantadas e buscaram correndo as outras conchas. Subiram e brincaram com os filhos do padeiro no quarto de despejo, enquanto Tanneke e eu servíamos os convidados no ateliê.

O padeiro participou que estava satisfeito com o quadro:
— Minha filha está bem e isso basta — disse ele.

Mais tarde, Maria Thins lastimou de novo que ele não olhava o quadro com a atenção que van Ruijven olharia e que tinha os sentidos embotados pela cerveja e a bagunça que o cercava. Discordei, mas não disse. Achei que o padeiro tivera uma reação sincera. Van Ruijven fazia um esforço quando via os quadros, com suas palavras melosas e caras estudadas. Tinha certeza de que havia uma platéia assistindo, enquanto o padeiro disse apenas o que achava.

Fui olhar o que as crianças estavam fazendo no quarto de despejo. Espalhavam-se pelo chão, arrumando as conchas e jogando areia por todo canto. As arcas, livros, pratos e almofadas guardados lá não lhes interessavam.

Cornélia estava na escada que levava ao sótão: subiu três degraus e pulou, gritando vitória ao cair no chão. Olhou para mim, desafiadora. Um dos filhos do padeiro, da idade de Aleydis, subiu até o meio da escada e pulou também. Depois Aleydis o imitou, outra criança e mais outra.

Nunca descobri como Cornélia conseguiu subir ao sótão para tirar a garancina e manchar meu avental de vermelho. Ela era ardilosa por natureza, aquela que faz as coisas quando ninguém está olhando. Não contei do furto para Maria Thins. Não tinha certeza se iam acreditar; preferi trancar as tintas sempre que eu ou ele não estivéssemos lá.

Não disse nada quando ela pulou da escada e se esparramou pelo chão ao lado de Maertge. Mas, naquela noite, conferi minhas coisas. Estava tudo lá: o azulejo quebrado, o pente de tartaruga, o livro de oração, meus lenços bordados, minhas golas, camisas, aventais e toucas. Contei tudo, separei e dobrei outra vez.

Depois, conferi as tintas, só para garantir. Também estavam em ordem e o armário não parecia ter sido mexido.

Era provável que ela fosse apenas uma criança, subindo escada para pular, procurando uma brincadeira e não uma travessura.

O padeiro levou o quadro em maio, mas meu patrão só começou a preparar outra tela em julho. Fiquei preocupada com a demora, achando que Maria Thins iria me culpar, embora nós duas soubéssemos que não. Até que um dia ouvi por acaso ela dizer para Catharina que um amigo de van Ruijven vira o quadro da esposa dele com o colar de pérolas e achara que ela devia estar olhando para o pintor e não para um espelho. Com isso, van Ruijven resolveu que queria um quadro da esposa olhando para o pintor. — Ele não costuma pintar uma pose assim — avisou Maria Thins.

Não pude ouvir a resposta de Catharina. Parei de varrer o quarto das meninas um instante.

— Você se lembra do último que ele fez — comentou Maria Thins. — O da criada. Lembra-se de van Ruijven e da criada de vestido vermelho?

Catharina conteve o riso.

— Foi a única vez que um quadro dele deu problema — continuou Maria Thins. — Que escândalo! Eu tinha certeza de que ele recusaria a sugestão de van Ruijven dessa vez, mas a aceitou.

Eu não podia perguntar a Maria Thins do escândalo, pois provaria que estava ouvindo a conversa. Também não podia perguntar a Tanneke, que jamais me contaria uma intriga, àquela altura. Então um dia, quando havia pouca gente na barraca, perguntei a Pieter, o filho, se sabia alguma coisa sobre o quadro da criada de vestido vermelho.

— Ah, claro, essa história correu todo o Mercado — lembrou ele, rindo. Inclinou-se e ficou arrumando as línguas de vaca expostas na barraca. — Foi há alguns anos. Parece que van Ruijven queria que uma de suas criadas posasse num quadro com ele. Puseram nela um vestido vermelho da esposa de van Ruijven, que insistiu para o quadro mostrar vinho, assim ela teria de beber toda vez que estivessem posando. Evidente que antes de o quadro estar pronto ela carregava um filho de van Ruijven.

— O que aconteceu com ela?

Pieter deu de ombros. — O que acontece com moças desse tipo?

Essas palavras me deixaram gelada. Claro que já ouvira histórias assim, mas nunca com uma pessoa tão próxima.

Pensei nos meus sonhos de usar as roupas de Catharina, lembrei-me de van Ruijven segurando meu queixo no corredor e dizendo para meu patrão: — Você devia pintá-la.

Pieter parou o que estava fazendo, ficou sério. — Por que você quer saber dela?

— Por nada. Ouvi uma coisa por acaso. Não é nada — respondi, distraída.

Eu não estava no ateliê quando ele arrumou a cena para o quadro da filha do padeiro, ainda não era assistente dele. Mas, da primeira vez que a esposa de van Ruijven veio posar, eu estava no sótão trabalhando e ouvi o que ele disse. Ela era uma mulher calma. Fazia o que era pedido sem emitir um som. Nem seus finos sapatos faziam barulho no assoalho de madeira. Ele mandou-a ficar ao lado da janela entreaberta, depois sentar numa das cadeiras de cabeça-de-leão ao redor da mesa. Ouvi-o fechar as janelas. — O quadro será mais escuro que o anterior — informou.

Ela não respondeu. Era como se ele estivesse falando sozinho. Logo após, ele me chamou e disse: — Griet, pegue o casaco amarelo de minha mulher, o colar de pérolas e os brincos.

Catharina estava visitando amigos naquela tarde. Então, eu não podia pedir as jóias. De todo jeito, teria medo. Assim, fui ao quarto da Crucificação onde Maria Thins ficava: ela abriu a caixa de jóias de Catharina e me entregou o colar e os brincos. Depois, peguei o casaco no armário do grande cômodo, sacudi-o e dobrei-o no braço. Nunca havia tocado nele. Encostei o nariz no arminho: era uma pele bem macia, como a de um filhote de coelho.

Quando estava entre o corredor e a escada, tive a súbita

vontade de sair pela porta da rua levando aquelas preciosidades. Poderia ir até a estrela no meio da Praça do Mercado, escolher uma direção e nunca mais voltar.

Em vez disso, voltei para a esposa de van Ruijven e a ajudei a colocar o casaco. Vestiu-o como se fosse sua própria pele. Depois de enfiar os brincos nas orelhas, ela colocou as pérolas em volta do pescoço. Eu tinha desfeito o laço do colar para amarrá-lo, mas ele disse: — Não ponha o colar, deixe na mesa.

Ela sentou-se de novo. Ele sentou-se na cadeira e estudou-a. Ela não parecia se importar: olhava para o nada, como ele tinha tentado fazer comigo.

— Olhe para mim — disse ele.

Ela olhou. Tinha grandes olhos escuros, quase negros.

Ele colocou uma toalha de lã na peça, depois a trocou pelo pano azul. Colocou as pérolas alinhadas sobre a mesa, depois amontoadas, depois esticadas outra vez. Pediu que ela se levantasse, sentasse e, depois, sentasse encostada e sem se encostar.

Pensei que tinha esquecido que eu estava no canto, olhando, até que disse: — Griet, pegue o pincel de pó-de-arroz de Catharina.

Fez com que ela passasse o pincel no rosto, segurasse sobre a mesa, largasse de lado. Entregou o pincel para mim: — Devolva.

Quando voltei, ele tinha dado um bico de pena e um papel para ela. Estava sentada, inclinada sobre a mesa e escrevia, com um tinteiro à direita. Ele abriu a parte de cima das janelas e fechou a de baixo. A sala ficou mais escura, mas a luz brilhou sobre a sua testa redonda, sobre a manga do casaco amarelo do braço que estava na mesa.

— Ponha sua mão esquerda um pouco para a frente. Isso — disse ele.

Ela escrevia.

— Olhe para mim — pediu ele.

Olhou.

Ele pegou um mapa no quarto de despejo e dependurou-o na parede atrás dela. Tirou-o. Experimentou uma pequena paisagem, um quadro de navio, a parede sem nada. Depois, sumiu lá embaixo.

Enquanto ele não estava no ateliê, fiquei olhando a esposa de van Ruijven de perto. Devia ser maldade minha, mas queria ver o que ela ia fazer. Não se mexeu. Parecia mais à vontade na pose. Ele voltou com uma natureza-morta de instrumentos musicais e ela parecia que sempre estivera sentada naquela mesa, escrevendo uma carta. Ouvi dizer que ele pintou-a tocando alaúde, antes do quadro do colar de pérolas. Portanto, já devia ter aprendido o que ele queria de uma modelo. Talvez ela fosse exatamente o que ele queria.

Dependurou o quadro atrás dela e sentou-se outra vez para estudá-la. Eles se olharam e senti como se não estivesse ali. Queria sair, voltaria para minhas tintas, mas não ousei perturbar aquele instante.

— Na próxima vez que vier, use laços brancos no cabelo, em vez de rosa, e uma fita amarela onde amarra o cabelo, atrás.

Ela concordou tão de leve que mal mexeu a cabeça.

— Pode se encostar na cadeira.

Ele liberou-a e me senti livre para sair.

No dia seguinte, ele colocou mais uma cadeira no quadro. No outro, trouxe a caixa de jóias de Catharina e a pôs na mesa. As gavetas ficaram abertas, com as pérolas saindo em volta da fechadura.

Enquanto eu trabalhava no sótão, van Leeuwenhoek chegou com sua câmara escura. — Você um dia vai ter uma — ouvi-o dizer com sua voz grossa. — Por enquanto, ela me dá a chance de ver o que você está pintando. Onde está a modelo?

— Não pôde vir hoje.

— Isso é um problema.

— Não é. Griet, venha cá — chamou ele.

Desci a escada. Entrei no ateliê e van Leeuwenhoek me olhou encantado. Ele tinha olhos castanhos claros e as pálpebras muito caídas, fazendo com que parecesse sonolento. Mas estava longe de sonolento: estava alerta e curioso, com uma boca virada para baixo. Apesar da surpresa por me ver, foi gentil. Quando se recuperou, até fez uma reverência.

Nenhum cavalheiro jamais fizera uma mesura para mim. Não pude me conter e sorri.

Van Leeuwenhoek riu. — O que estava fazendo lá em cima, minha cara?

— Moendo as tintas, senhor.

Ele virou-se para meu patrão. — Uma assistente! Que outras surpresas me reserva? Na próxima vez, você vai estar ensinando-a a pintar as mulheres para você.

Meu patrão não gostou. — Griet, sente-se da mesma maneira como viu a esposa de van Ruijven fazer no outro dia — disse ele.

Nervosa, sentei na cadeira e inclinei-me para a frente como ela havia feito.

— Pegue o bico de pena!

Peguei, com a mão tremendo e fazendo a pena também tremer. Coloquei as mãos como lembrava que ela havia colocado. Rezei para que ele não me pedisse para escrever alguma coisa, como fizera com a esposa de van Ruijven. Meu pai tinha me ensinado a escrever meu nome e pouco mais. Pelo menos, eu sabia como segurar a pena. Olhei as folhas sobre a mesa e pensei no que a esposa de van Riujven teria escrito nelas. Sabia ler um pouco, coisas conhecidas, como meu livro de orações, mas não a letra de uma senhora.

— Olhe para mim.

Olhei. Tentei ser a esposa de van Ruijven.

Ele pigarreou. — Ela vai usar o casaco amarelo — disse ele para van Leeuwenhoek, que concordou.

Meu patrão levantou-se e os dois arrumaram a câmara escura apontando para mim. Depois, cada um olhou. Quando estavam debruçados sobre a caixa com o manto preto na cabeça, ficou mais fácil para mim não pensar em nada, como sabia que ele queria.

Ele pediu para van Leeuwenhoek mexer o quadro na parede várias vezes, até aprovar a posição, depois abrir e fechar as janelas, enquanto ele ficava embaixo do manto. Finalmente, parecia satisfeito. Levantou-se, dobrou o manto no encosto de uma cadeira, pegou um papel na mesa e mostrou-o para van Leeuwenhoek. Começaram a discutir o que estava escrito no papel: ele queria conselhos sobre assuntos da guilda. Conversaram um bom tempo.

Van Leeuwenhoek deu uma olhada: — Pelo amor de Deus, homem, deixa a menina voltar para o trabalho dela.

Meu patrão olhou para mim surpreso por eu continuar sentada, segurando a pena. — Griet, pode ir.

Saí e acho que vi um olhar de piedade passar pelo rosto de van Leeuwenhoek.

Durante alguns dias, ele deixou a câmara montada no ateliê. Pude olhá-la sozinha várias vezes, observando os objetos na mesa. Alguma coisa na cena me incomodava. Era como olhar para um quadro na parede que estava torto. Eu queria mudar alguma coisa, mas não sabia o quê. A câmara não me respondeu.

Um dia, a esposa de van Ruijven veio outra vez e ele olhou-a um bom tempo na câmara. Passei pelo ateliê enquanto ele estava encoberto pelo manto e fui bem de mansinho para não atrapalhá-lo. Fiquei atrás dele um instante para ver a cena com a presença dela. Ela deve ter me visto, mas não demonstrou, continuou virada para ele com seus olhos negros.

Achei que a cena estava muito limpa. Embora eu considerasse a limpeza a coisa mais importante de tudo, vi nos outros quadros que precisava haver alguma desordem na mesa, alguma coisa para distrair os olhos. Avaliei cada objeto: a caixa de jóias, a toalha de lã azul, as pérolas, a carta, o tinteiro. Resolvi mudar. Voltei devagarzinho ao sótão, espantada com a minha ousadia.

Depois que vi o que devia ser feito, esperei que ele mudasse a cena.

Ele não mexeu em nada na mesa. Acertou um pouco as cortinas, a inclinação da cabeça dela, o ângulo da pena. Mas não mudou o que eu esperava.

Pensei nisso enquanto torcia os lençóis, virava o espeto para Tanneke, varria os ladrilhos da cozinha, lavava as tintas. Deitada na cama, à noite, pensei também. Cheguei a levantar para olhar outra vez. Não, eu não estava enganada.

Ele devolveu a câmara para van Leeuwenhoek.

Toda vez que eu olhava a cena, sentia o peito endurecer como se alguma coisa pesasse em cima.

Ele colocou uma tela no cavalete e passou uma camada de grafite branco e giz, misturada com um pouco de siena escuro e amarelo ocre.

Meu peito endureceu mais, esperando que ele fizesse alguma coisa.

Ele esboçou a mulher e cada objeto em marrom escuro.

Quando começou a dar grandes pinceladas de cores falsas, pensei que meu peito fosse arrebentar como um saco que encheram demais com farinha.

À noite, deitada na cama, resolvi que eu faria a mudança.

Na manhã seguinte, limpei tudo, empurrei a caixa de jóias, arrumei as pérolas, coloquei a carta no lugar, polindo e recolocando o tinteiro. Respirei fundo para aliviar o peso do meu peito e, aí, rapidamente, tirei da mesa a toalha de lã azul de forma que saísse das sombras sobre a mesa e ficasse meio caída, na frente da caixa de jóias. Arrumei um pouco as dobras e olhei de longe. A toalha repetia a forma do braço da esposa de van Ruijven segurando a caneta.

Isso mesmo, pensei, apertando os lábios. Pode ser que ele me mande embora por causa disso, mas agora está melhor.

Naquele tarde, não subi ao sótão, embora tivesse muita coisa para fazer lá. Sentei no banco na frente da casa com Tanneke e remendei camisas. Ele não esteve no ateliê de manhã, foi à guilda e almoçou na casa de van Leeuwenhoek. Ainda não tinha visto a mudança.

Esperei, nervosa, no banco. Até Tanneke, que naquela época me ignorava, sentiu meu estado. — O que há com você, menina? — perguntou. Tinha passado a me chamar de menina como a patroa dela. — Parece uma galinha que sabe que vai entrar na faca.

— Nada, não. Conte o que houve quando o irmão de Catharina esteve aqui. Ouvi uma história no mercado. Eles ainda falam sobre você — acrescentei, esperando distraí-la e elogiá-la para disfarçar meu estado desconcertado com a pergunta que me fizera.

Tanneke se empertigou toda, mas aí lembrou quem eu era. — Isso não é da sua conta. É assunto de família, não é para gente como você — disse, bem ríspida.

Meses antes, ela teria adorado contar a história onde era personagem importante. Mas era eu quem perguntava e não merecia essa confiança ou o privilégio de suas palavras, embora deva ter sido difícil para ela perder a chance de contar vantagem.

Foi então que o vi: subia a Oude Langendijck, com o chapéu caído sobre o rosto para se proteger do sol de primava, o manto escuro preso só no pescoço. Foi se aproximando de nós e não consegui olhá-lo.

— Boa-tarde, senhor — trinou Tanneke, num tom completamente diferente.

— Olá, Tanneke. Está gostando do sol?

— Ah, sim, senhor. Adoro sol no meu rosto.

Continuei olhando para os remendos. Senti que ele me olhava.

Ele entrou em casa e Tanneke sibilou: — Cumprimente o patrão quando ele fala com a gente, menina. Sua educação é uma desgraça.

— Foi com você que ele falou.

— Era com quem devia falar mesmo. Mas você não precisa ser tão estúpida ou vai parar no olho da rua, perder o lugar aqui.

Ele já deve estar lá em cima, pensei. Deve ter visto o que fiz.

Esperei, mal conseguindo segurar a agulha. Não sabia exatamente o que esperava. Será que ele me chamaria a atenção na frente de Tanneke? Será que gritaria comigo pela primeira vez desde que eu tinha ido para a casa dele? Ou diria que eu havia destruído o quadro?

Talvez ele simplesmente colocasse a toalha de lã azul na mesa, como estava antes. Talvez não me dissesse nada.

Mais tarde, à noite, vi-o rapidamente quando desceu para o jantar. Não me pareceu nem uma coisa nem outra, contente ou zangado, preocupado ou ansioso. Não me ignorou, mas também não me olhou.

Antes de me deitar, dei uma olhada se ele tinha colocado a toalha como estava antes de eu mexer.

Não tinha. Segurei minha vela junto ao cavalete: ele tinha feito outro esboço das dobras da toalha azul, em marrom avermelhado. Fizera a minha alteração.

Naquela noite, deitei na cama sorrindo para o escuro.

Na manhã seguinte, ele entrou quando eu estava limpando em volta da caixa de jóias. Nunca me tinha visto tomando as medidas. Estiquei meu braço de um lado da mesa e afastei a caixa para limpar embaixo e em volta. Quando olhei, ele estava me observando. Não disse nada. Nem eu, preocupada em colocar a caixa de jóias exatamente onde estava. Aí, bati um pano na toalha azul, tomando todo o cuidado com as dobras que fizera. Minhas mãos tremeram um pouco.

Terminei e olhei para ele.

— Griet, diga uma coisa: por que você mudou a toalha da mesa? — O tom de sua voz era o mesmo de quando perguntou dos legumes, na casa de meus pais.

Pensei um instante. — Precisa ter alguma desordem na cena para contrastar com a tranqüilidade dela — expliquei. — Para incomodar a vista e, ao mesmo tempo, agradar, pois a toalha e o braço dela estão na mesma posição.

Houve um longo silêncio. Ele estava olhando para a mesa. Esperei, passando as mãos no avental.

— Nunca pensei que fosse aprender alguma coisa com uma criada — admitiu ele.

No domingo, minha mãe ficou ouvindo quando descrevi o novo quadro para meu pai. Pieter também estava e fixou os olhos numa mancha de sol no ladrilho do chão. Sempre se calava quando falávamos nos quadros de meu patrão.

Não contei que fiz uma alteração na cena e meu patrão aprovou.

— Acho que os quadros dele não são bons para a alma — revelou minha mãe, de repente. Estava séria. Nunca disse nada sobre o trabalho de meu patrão.

Meu pai virou o rosto para ela, surpreso.

— São bons para o bolso, digamos — zombou Frans. Foi um dos raros domingos em que ele veio visitar. Tinha ficado obcecado com dinheiro. Perguntava o valor das coisas da casa da Oude Langendijck, das pérolas e do casaco do quadro, da caixa de jóias incrustada de madrepérola e o que havia dentro, quantos eram e quais as medidas dos quadros nas paredes. Não falei muito. Lastimava pensar isso de meu próprio irmão, mas temia que ele só pensasse em formas fáceis de sobreviver em vez de ser aprendiz numa fábrica de azulejos. Desconfio que ele estivesse só fantasiando, mas não queria alimentar essas fantasias com a visão de objetos caros ao alcance dele (ou da irmã dele).

— O que quer dizer com isso, mãe? — perguntei, sem tomar conhecimento do que Frans disse.

— Há algo perigoso na descrição dos quadros dele — explicou ela. — Você fala como se fosse uma cena religiosa. Parece que a mulher é a Virgem Maria, quando não passa de uma mulher escrevendo uma carta. Você dá sentidos que não existem ou que o quadro não merece. A cidade de Delft tem centenas de quadros. Estão em toda parte, dependurados numa taverna como na casa de um rico. Você poderia pegar o salário de duas semanas de uma criada e comprar um no mercado.

— Se eu fizesse isso, você e o pai não comeriam por duas semanas e você morreria sem ver o que eu tinha comprado — respondi.

Meu pai piscou. Frans, que fazia nós numa corda fina, ficou bem quieto. Pieter me olhou.

Minha mãe ficou impassível. Não costumava dizer o que pensava. E, quando dizia, suas palavras valiam ouro.

— Desculpe, mãe, eu não quis — gaguejei.

— Você mudou sua cabeça desde que começou a trabalhar para eles — interrompeu ela. — Você esqueceu quem é e de onde vem. Somos uma família protestante decente cujas normas não são ditadas pelos ricos ou pelas modas.

Baixei os olhos, magoada com as palavras. Eram palavras de mãe que eu um dia diria para minha filha se estivesse preocupada com ela. Embora me ofendesse com o que ouvira e por ela duvidar do valor dos quadros dele, sabia que eram verdadeiras.

Pieter não passou tanto tempo comigo no beco naquele domingo.

Na manhã seguinte, foi difícil olhar para o quadro. As pinceladas de cores falsas foram dadas e ele tinha desenhado os olhos dela, sua testa alta e algumas dobras da manga do casaco. O forte tom de amarelo me fez sentir o prazer culpado que as palavras de minha mãe tinham condenado. Em vez de pensar nas palavras, tentei imaginar o quadro pronto, dependurado na barraca de Pieter, o pai, à venda por dez florins, um simples quadro de uma mulher escrevendo uma carta.

Não consegui imaginar.

Naquela tarde, ele estava de bom humor, senão eu não teria perguntado. Tinha aprendido a avaliar o humor dele, não pelo pouco que falava ou pela expressão do rosto (não mostrava muito), mas pelo jeito que andava pelo ateliê e o sótão. Se estava feliz, trabalhando bem, dava grandes passadas de um lado para outro, firme, sem desperdiçar um gesto. Se fosse um músico, estaria cantarolando ou assoviando baixinho. Quando as coisas não iam bem, ele parava, olhava pela janela, subia de repente a escada do sótão até a metade só para descer de novo.

Ele estava trabalhando no debrum de pele do casaco. Naquele dia, ela não veio posar e descobri que ele podia pintar partes dela sem que estivesse lá. Ele foi ao sótão misturar óleo de linhaça no grafite branco que eu tinha acabado de moer e eu chamei:

— Senhor.

Ele levantou a sobrancelha: — Sim, Griet?

Ele e Maertge eram as únicas pessoas da casa que me chamavam pelo nome.

— O senhor está fazendo quadros católicos?

Ele parou, com a garrafa de óleo de linhaça sobre a concha com o grafite branco. — Quadros católicos — repetiu ele. Abaixou a mão e deu umas batidinhas com a garrafa na mesa. — O que você quer dizer com quadro católico?

Eu tinha falado antes de pensar. Por isso não sabia o que dizer. Tentei perguntar de outro jeito: — Por que as igrejas católicas têm quadros nas paredes?

— Griet, você alguma vez foi a uma igreja católica?

— Não, senhor.

— Então nunca viu quadros, estátuas ou vitrais numa igreja?

— Não, senhor.

— Só viu quadros em casas, lojas ou estalagens, não?

— E também no mercado.

— Sim, no mercado. Gosta de olhar os quadros?

— Gosto, senhor. — Comecei a achar que ele não ia me responder, que só ficaria fazendo uma pergunta atrás da outra.

— O que vê quando olha para um quadro?

— Ora, o que o pintor fez, senhor.

Ele concordou, mas percebi que não respondera como ele queria.

— Então, quando olha um quadro aqui no estúdio, o que vê?

— Não vejo a Virgem Maria, com certeza — falei isso mais para provocar minha mãe do que para responder a ele.

Ele me olhou, surpreso. — Esperava ver a Virgem Maria?

— Ah, não, senhor — respondi, embaraçada.

— Acha que o quadro é católico?

— Não sei, senhor. Minha mãe disse...

— Sua mãe não viu o quadro, viu?

— Não.

— Então não pode dizer o que você vê ou deixa de ver.

— Não pode. — Ele tinha razão, embora eu não gostasse que criticasse a minha mãe.

— O quadro não é católico ou protestante, as pessoas que olham para ele é que são. Vêem o que esperam ver. Um quadro numa igreja é como uma vela numa sala escura: usamos para ver melhor. É a ponte entre nós e Deus. Mas não é uma vela protestante ou católica, é apenas uma vela.

— Não precisamos dessas coisas para ver Deus. Temos a palavra Dele e isso basta — completei.

Ele sorriu. — Griet, sabia que fui criado como protestante? Me converti quando me casei. Então, você não precisa me catequizar. Eu já ouvi tudo isso.

Olhei, surpresa, para ele. Nunca soubera de ninguém que resolvesse não ser mais protestante. Não acreditava que alguém pudesse mudar. No entanto, ele tinha mudado.

Parecia que ele aguardava eu dizer alguma coisa.

Comecei, devagar: — Nunca estive numa igreja católica, mas acho que, se visse um quadro numa delas, seria como o seu. Mesmo que não haja cenas da Bíblia, da Virgem com o Menino ou da Crucificação — tive um calafrio ao pensar no quadro em cima da minha cama, no porão.

Ele pegou a garrafa de novo e, cuidadosamente, derramou algumas gotas de óleo na concha. Com a espátula, foi misturando o óleo e o grafite branco até a tinta parecer uma manteiga que ficou numa cozinha quente. Fiquei encantada pelo movimento da espátula na tinta branca e cremosa.

— Há uma diferença entre católicos e protestantes em relação à pintura — explicou ele enquanto trabalhava. — Mas não é tão grande quanto você pensa. Os quadros podem ter uma finalidade espiritual para os católicos, mas lembre-se de que os protestantes vêem Deus em toda parte, em todas as coisas. Ao pintar coisas simples (mesas e cadeiras, bacias e jarras, soldados e criadas), eles não estão ao mesmo tempo louvando a criação de Deus?

Gostaria que minha mãe pudesse ouvir o que ele disse. Até ela entenderia.

Catharina não gostava que sua caixa de jóias ficasse no ateliê, onde não podia pegá-la. Desconfiava, em parte porque não gostava de mim, mas também porque era influenciada pelas coisas que todo mundo ouvia de criadas roubando colheres de prata das patroas. Roubar e seduzir o dono da casa: duas coisas que as patroas sempre esperavam das criadas.

Mas eu tinha descoberto por intermédio de van Ruijven que era mais comum o homem perseguir a criada do que o inverso. Para ele, as criadas eram de graça.

Embora Catharina raramente o consultasse sobre assuntos domésticos, foi ao ateliê pedir para fazer uma coisa. Não ouvi os dois falando em mim, foi Maertge quem me contou, um dia. Naquela época, nós nos dávamos bem. Ela havia crescido de repente e perdera o interesse por outras crianças, preferia ficar comigo de manhã, enquanto eu fazia minhas tarefas. Aprendeu comigo a borrifar água nas roupas que ficavam quarando ao sol, a misturar sal com vinho branco para tirar manchas, a passar sal grosso no ferro de engomar para ele não grudar e marcar a roupa. As mãos dela eram muito delicadas para mexer em água: ela me olhava fazer minhas tarefas, mas eu não deixava que molhasse as mãos. As minhas estavam horríveis: ásperas, vermelhas e rachadas, apesar dos remédios que minha mãe fazia para amaciá-las. Eram mãos de trabalhadora e eu ainda não tinha dezoito anos.

Maertge era um pouco como minha irmã Agnes fora: alegre, curiosa, decidida. Mas era também a mais velha das filhas, com a seriedade de mais velha. Cuidou das irmãs como cuidei dos meus irmãos. Isso fazia com que uma menina ficasse cuidadosa e prudente.

— Mamãe quer a caixa de jóias de volta — contou ela quando passávamos pela estrela da Praça do Mercado a caminho do Mercado de Carne. — Falou com papai.

— O que ela disse? — tentei parecer despreocupada enquanto olhava as pontas da estrela. Tinha percebido que, todas as manhãs, quando destrancava a porta do ateliê, Catharina olhava para a mesa onde estavam as jóias.

Maertge hesitou. — Mamãe não gosta que você fique trancada com as jóias, à noite — disse ela, finalmente. Não falou o que preocupava Catharina: que eu pegasse o colar de pérolas na mesa, enfiasse a caixa embaixo do braço e pulasse a janela para a rua, fugindo para outra cidade e para outra vida.

Do jeito dela, Maertge estava tentando me avisar. — Ela quer que você volte a dormir lá embaixo. A ama-de-leite vai embora logo e não há motivo para você continuar no sótão. Ela disse que você ou a caixa de jóias tem que sair de lá.

— E o que seu pai disse?

— Nada. Vai pensar no assunto.

Meu coração ficou pesado como uma pedra dentro do peito. Catharina tinha pedido para ele escolher entre mim e a caixa de jóias. Não podia ficar com os dois. Eu sabia que ele não iria tirar a caixa e as pérolas de um quadro só para eu ficar no sótão. Ele me tiraria. Não iria mais ficar como assistente.

Diminuí o passo. Anos carregando água do canal, torcendo roupas, esfregando chão, limpando penicos, sem qualquer chance de beleza, cor ou alegria na vida, anos que ficavam esticados a minha frente como uma paisagem plana de campo onde, lá longe, está o mar, mas que jamais é alcançado. Se eu não pudesse trabalhar com as tintas, se não pudesse ficar perto dele, não sabia como iria continuar trabalhando naquela casa.

Quando chegamos à barraca do açougueiro e Pieter, o filho, não estava, meus olhos ficaram rasos de água, inesperadamente. Não tinha percebido que esperava ver seu rosto gentil e bonito. Estava tão confusa a respeito dele, era minha saída, meu lembrete de que havia um outro mundo ao qual eu poderia pertencer. Talvez eu não fosse muito diferente dos meus pais, que viam nele a salvação para colocar carne na mesa das refeições.

Pieter, o pai, adorou minhas lágrimas. — Vou dizer ao

meu filho que você chorou porque ele não estava aqui — disse, limpando o sangue na tábua de corte.

— Não faça isso — pedi. — Maertge, o que queremos hoje?

— Carne para assar — respondeu ela, na hora. — Dois quilos.

Enxuguei os olhos na barra do avental. — Uma mosca entrou no meu olho. Talvez aqui não esteja muito limpo, a sujeira atrai moscas — expliquei logo.

Pieter, o pai, riu muito. — Mosca no olho, diz ela! Sujo, aqui. Claro que tem mosca, aparecem por causa do sangue e não da sujeira. A melhor carne é a que tem mais sangue e atrai mais moscas. Um dia você vai ver. Não precisa ficar cheia de coisa com a gente, madame. — Ele piscou para Maertge. — O que acha, senhorita? Será que a jovem Griet deveria falar mal de um lugar onde ela mesma estará servindo daqui a alguns anos?

Maertge tentou não parecer chocada, mas estava surpresa por ele dar a entender que eu um dia podia sair da família dela para sempre. Ela fez bem em não responder e demonstrar um súbito interesse por um bebê no colo de uma mulher na barraca ao lado.

— Por favor, não diga coisas assim para ela ou qualquer pessoa da família, nem de brincadeira. Sou criada deles. Dar a entender outras coisas é demonstrar falta de respeito — falei, em voz baixa, para Pieter, o pai.

Pieter, o pai, ficou me olhando. Seus olhos mudavam de cor conforme a luz. Acho que nem meu patrão seria capaz de captá-los num quadro. — Talvez você esteja certa — admitiu ele. — Vejo que preciso tomar mais cuidado quando brinco com você. Mas vou lhe dizer uma coisa, minha cara: melhor ir se acostumando com as moscas.

Ele não tirou a caixa de jóias, nem me pediu para ir embora. Preferiu levar a caixa, o colar e os brincos de pérola para Catharina todas as tardes e ela trancava tudo no armário do grande cômodo, onde ficava o casaco amarelo. De manhã, quando destrancava a porta do ateliê para eu sair, entregava-me a caixa e as jóias. Minha primeira tarefa no ateliê passou a ser colocar a caixa e as pérolas na mesa e arrumar os brincos, se a esposa de van Ruijven viesse posar. Catharina olhava da porta enquanto eu tomava as medidas com as mãos e braços. Aquilo devia parecer estranho para qualquer pessoa, mas ela jamais perguntou o que eu estava fazendo. Não ousou.

Cornélia deve ter sabido do problema com a caixa de jóias. Talvez, como Maertge, tenha ouvido os pais discutindo. Pode ter visto Catharina levando para cima a caixa de manhã e descendo com ela à noite e percebeu que havia algum problema. Seja lá o que viu ou entendeu, resolveu que estava na hora de fazer mais uma das suas.

Sem qualquer motivo, exceto uma vaga desconfiança, ela não gostava de mim. Nisso, era muito parecida com a mãe.

A história começou com um pedido dela, como fez com a gola rasgada e a mancha vermelha no meu avental. Numa manhã chuvosa, Catharina estava arrumando os cabelos. Cornélia ficou olhando. Eu estava engomando as roupas na lavanderia e portanto não ouvia o que falavam. Mas decerto foi ela quem sugeriu que a mãe usasse pentes de tartaruga no cabelo.

Minutos depois, Catharina veio à porta que separava a lavanderia da cozinha e anunciou: — Um dos meus pentes sumiu. Alguma de vocês viu? — Embora estivesse falando com Tanneke e comigo, olhava séria para mim.

— Não, madame — respondeu Tanneke solenemente e veio me olhar da soleira da porta.

— Não, madame — ecoei. Quando vi Cornélia olhando do corredor, com o jeito malvado que lhe era tão natural, sabia que tinha feito mais alguma coisa que acabaria em mim. Vai fazer isso até conseguir que eu vá embora, pensei.

— Alguém deve saber onde está — concluiu Catharina.

— Quer que eu ajude a procurar no armário outra vez, madame? — perguntou Tanneke. — Ou procuro em outro lugar? — acrescentou, de propósito.

— Talvez esteja em sua caixa de jóias — sugeri.

— Talvez.

Catharina entrou no corredor. Cornélia foi atrás.

Pensei que não fosse dar atenção à minha idéia, já que era minha. Quando ouvi seus passos na escada, percebi que estava indo para o ateliê e corri para acompanhá-la: ia precisar de mim. Ficou aguardando, furiosa, na porta do ateliê, com Cornélia atrás.

— Traga a caixa para mim — mandou Catharina calmamente. A humilhação de não poder entrar na sala fazia suas palavras ficarem cortantes de um jeito que eu não conhecia. Ela sempre falava ríspido e alto. Mas o controle que demonstrava naquela vez foi muito mais assustador.

Percebi que ele estava no sótão e sabia o que estava fazendo: moendo lápis-lazúli para pintar a toalha de lã azul.

Peguei a caixa e levei para Catharina, deixando as pérolas na mesa. Sem dizer uma palavra, ela desceu com a caixa, Cornélia sempre atrás, como um gato achando que vai receber comida. Ela foi para o grande cômodo e tirou todas as jóias para conferir se faltava alguma. Talvez faltassem outras coisas, era difícil saber o que uma moça de dezessete anos poderia fazer em matéria de maldade.

Ela não encontrou o pente na caixa. Eu sabia exatamente onde ele estava.

Em vez de ir atrás dela, subi para o sótão.

Ele me olhou espantado, segurando o moedor na tigela, mas não perguntou por que subi. Voltou a moer.

Abri a arca onde guardava minhas coisas, incluindo o pente embrulhado num lenço. Eu nunca olhava aquele pente: não tinha motivo para usá-lo na casa ou sequer para admirá-lo. Lembrava muito a vida que eu jamais teria como criada. Naquela hora olhei-o com atenção e vi que não era o pente de minha avó, embora fosse parecido. A forma de concha era mais comprida e mais curva e havia pequenas marcas serrilhadas em cada lado. Era um pente mais fino que o da minha avó, embora não muito.

Pensei se algum dia eu veria outra vez o pente da minha avó.

Fiquei sentada na cama, com o pente no colo, durante tanto tempo que ele parou de moer outra vez.

— Griet, o que houve?

A voz era gentil. Isso facilitou para eu falar aquilo de que necessitava.

— Senhor, preciso de sua ajuda — consegui dizer, enfim.

Continuei no sótão, sentada na minha cama, mãos no colo, enquanto ele falava com Catharina e Maria Thins; depois elas chamaram Cornélia e começaram a procurar nas coisas dela o pente de minha avó. Maertge finalmente encontrou-o, escondido no búzio que o padeiro tinha dado para elas quando vieram ver o quadro. Devia ter sido nesse dia que Cornélia trocara os pentes: descera do sótão enquanto as crianças brincavam no quarto de despejo e escondera meu pente na primeira coisa que achara.

Foi Maria Thins quem teve de bater em Cornélia: ele deixou claro que não era obrigação de pai e Catharina se recusou, mesmo sabendo que Cornélia devia ser castigada. Maertge me disse depois que Cornélia não chorou: ria, zombando da surra.

Foi Maria Thins também quem me procurou no sótão para dizer, debruçando-se na mesa de moer: — Bom, menina, agora você soltou o gato no galinheiro.

— Não fiz nada — reclamei.

— Não, mas conseguiu alguns inimigos. Por quê? Nunca tivemos tanto problema com outra pessoa. — Ela riu, mas por trás do riso estava séria. — Ele defendeu você, lá do jeito dele e isso é mais forte que qualquer coisa que Catharina, Cornélia, Tanneke ou até eu possamos dizer contra você.

Ela jogou o pente de minha avó no meu colo. Embrulhei-o num lenço e guardei-o na arca outra vez. Depois, virei-me para Maria Thins. Se não perguntasse naquela hora, nunca saberia. Aquela podia ser a única hora em que ela aceitaria responder. — Por favor, madame, o que ele disse? De mim?

Maria Thins fez um olhar astuto. — Não vá se gabar, menina. Ele falou pouco de você, mas foi bem claro. O fato de ele descer e se preocupar mostrou à minha filha que ele estava do seu lado. Culpou Catharina por não conseguir educar direito os filhos. Como você vê, foi bem mais inteligente criticá-la do que elogiar você.

— Ele falou que eu estava de assistente?

— Não.

Tentei não demonstrar nos meus olhos o que sentia, mas só aquela resposta já devia bastar.

— Mas quando ele saiu, *eu* contei — acrescentou Maria Thins. — É absurdo você ficar disfarçando, fazendo segredo de coisas que ocorrem na casa dela. — Ela parecia estar me culpando, depois resmungou: — Eu tinha um conceito melhor dele. — Parou, parecendo que não devia expressar tanta coisa do que pensava.

— O que ela disse quando a senhora contou?

— Claro que ela não está contente, mas tem mais medo da raiva dele. — Maria Thins ficou indecisa. — Há mais um motivo para ela não estar tão preocupada. Agora já posso dizer para você: ela está carregando mais um filho.

— Outro? — deixei o espanto escapar. Era incrível Catharina querer mais um filho, se estavam com tão pouco dinheiro.

Maria Thins franziu o cenho e me repreendeu: — Veja o que fala, menina.

— Desculpe, madame. — Eu me arrependi de ter dito aquela única palavra. Não era da minha conta dizer quantos filhos a família deles deveria ter. — O médico esteve aqui? — perguntei, tentando consertar.

— Não precisa, ela conhece os sinais. Já passou bastante por isso. — Por um instante, o rosto de Maria Thins mostrou o que pensava: ela também se perguntava por que tantos filhos. Depois, retomou o ar austero. — Vá fazer suas tarefas, não passe perto dela e ajude-o, mas não fique contando vantagem na porta da casa. Seu lugar aqui não é tão seguro.

Concordei e deixei meus olhos pousarem nas mãos enrugadas que seguravam, desajeitadas, um cachimbo. Acendeu-o e soltou umas baforadas. Depois, deu uma risada irônica. — Nunca tivemos tantos problemas com uma criada. Deus tenha piedade de nós!

No domingo, entreguei o pente para minha mãe. Não contei o que tinha acontecido: simplesmente disse que era muito fino para uma criada.

Depois do problema do pente, mudaram algumas coisas na casa em relação a mim. A maior surpresa foi o jeito de Catharina me tratar. Eu esperava que ela ficasse ainda mais difícil do que antes: que me desse mais trabalho, ralhasse comigo sempre, fizesse me sentir o pior possível. Em vez disso, ela pareceu ter medo de mim. Tirou a chave do ateliê da sua preciosa penca na cintura, devolveu-a para Maria Thins e nunca mais trancou a porta. Deixou a caixa de jóias no ateliê e mandava a mãe buscar quando precisava de alguma jóia. Evitava me encontrar. Percebi isso e também mantive distância.

Ela não comentou nada sobre meu trabalho à tarde no sótão. Maria Thins deve ter dado a impressão de que minha ajuda faria com que ele pintasse mais e sustentaria tão bem o filho que ela carregava na barriga quanto os que já tinha. Catharina levou a sério o que ouviu sobre cuidar dos filhos, que, afinal, era a sua maior incumbência, e passou a ficar mais tempo com eles do que antes. Incentivada por Maria Thins, começou até a ensinar Maertge e Lisbeth a ler e escrever.

Maria Thins era mais sutil, mas também mudou de comportamento comigo, tratando-me com mais respeito. Eu continuava sendo apenas uma criada, mas ela não me contrariava ou ignorava com tanta facilidade, como às vezes fazia com Tanneke. Não chegava a perguntar minha opinião, mas me deixava menos excluída da casa.

Também me surpreendi quando Tanneke ficou mais gentil comigo. Pensava que ela gostava de ser brava e me tratar de má vontade, mas deve ter cansado de ser assim. Ou talvez, já que estava claro que ele se colocara do meu lado, Tanneke achou melhor não parecer estar contra mim. Talvez todos achassem isso. Seja lá qual o motivo, ela parou de me dar mais trabalho, deixando cair coisas no chão, parou de me rogar praga baixinho e de me olhar feio. Não era minha amiga, mas ficou mais fácil trabalhar com ela.

Pode ser cruel, mas senti que tinha vencido uma batalha contra ela. Ela era mais velha e estava na casa há muito mais tempo que eu, mas o fato de ele me preferir contava muito mais do que a lealdade e experiência dela. Deve ter ficado muito sentida, mas aceitou a derrota com mais facilidade do que eu esperava. Por dentro, Tanneke era uma pessoa simples e não queria criar problema. E a melhor forma de não criar problema era me aceitar.

Catharina passou a cuidar mais de Cornélia, mas, mesmo assim, ela não mudou. Era a filha preferida, talvez por ser a mais parecida em espírito, e Catharina não ia fazer muito para mudá-la. Às vezes, seus olhos castanhos claros me observavam, a cabeça inclinada fazia os cachos ruivos balançarem em volta do rosto, e eu pensava no sorriso irônico que Maertge dera quando Cornélia levara a surra. E eu pensava mais uma vez, como no primeiro dia: ela vai ser difícil.

Embora não demonstrasse, eu evitava Cornélia tanto quanto a mãe dela. Não queria provocá-la. Escondi o azulejo quebrado, a melhor gola de renda (que minha mãe fizera para mim) e o melhor lenço bordado para que ela não pudesse usá-los contra mim.

Ele não me tratou de outra forma, depois do caso do pente. Agradeci por falar em meu nome, e ele balançou a cabeça como se estivesse afastando uma mosca que zunia a sua volta.

Eu é que me senti diferente em relação a ele. Senti que estava em dívida. Que, se ele me pedisse para fazer alguma coisa, eu não poderia negar. Não sabia o que ele podia pedir que eu fosse negar, mesmo assim não gostava da situação em que ficara.

E estava desapontada com ele, embora não gostasse de pensar nisso. Queria que tivesse contado para Catharina que eu o ajudava para mostrar que não tinha medo de dizer que me apoiava.

Era isso o que eu queria.

Uma tarde, em meados de outubro, Maria Thins veio falar com ele no ateliê, quando o quadro da esposa de van Ruijven estava quase pronto. Devia saber que eu estava trabalhando no sótão e podia ouvir a conversa. Mesmo assim, falou.

Perguntou o que ele pretendia pintar em seguida. Como ele não respondeu, ela disse: — Você precisa fazer quadros maiores, com mais pessoas, como antes. Não outra mulher sozinha, pensando. Quando van Ruijven vier ver o quadro, você precisa sugerir mais um. Talvez um quadro para combinar com outro que você já fez. Ele vai aceitar, sempre aceita. E vai pagar mais caro.

Ele continuou sem responder.

— Estamos muito endividados. Precisamos de dinheiro — confessou Maria Thins, de repente.

— Pode ser que peça para ela entrar no quadro — disse ele. A voz era baixa, mas consegui ouvir, embora só entendesse depois.

— E então?

— Não. Daquele jeito, não.

— Vamos pensar nisso quando chegar a hora, não antes.

Poucos dias depois, van Ruijven e a esposa vieram ver o quadro pronto. De manhã, meu patrão e eu preparamos o ateliê para a visita. Ele levou a caixa de jóias e as pérolas para Catharina enquanto eu guardei as outras coisas e arrumei as cadeiras. Ele então tirou o cavalete e o quadro do lugar onde a cena tinha ficado e pediu que eu abrisse todas as janelas.

Naquela manhã, ajudei Tanneke a preparar um almoço especial para eles. Não pensei que fosse vê-los: chegaram ao meio-dia e Tanneke levou o vinho para o ateliê. Quando voltou, disse que era eu que tinha de ajudar a servir a mesa e não Maertge, que já tinha idade para jantar com os adultos. — Minha patroa resolveu — acrescentou Tanneke.

Fiquei espantada: na última vez em que eles viram o quadro, Maria Thins tentara me manter a distância de van Ruijven. Não contei isso para Tanneke, só perguntei: — Van Leeuwenhoek veio também? Acho que ouvi a voz dele no saguão.

Tanneke concordou, distraída. Estava provando uma fatia do pavão assado e logo se gabou: — Nada mal, posso me considerar à altura de qualquer cozinheira dos van Ruijven.

Enquanto ela foi servir o vinho no ateliê, passei manteiga no faisão e coloquei sal que Tanneke quase não punha.

Eles desceram para o almoço e sentaram-se à mesa; Tanneke e eu começamos a trazer as travessas. Catharina só olhava para mim. Não conseguia esconder bem o que pensava e estava apavorada de ver que eu estava servindo.

Meu patrão também parecia ter quebrado um dente numa pedra. Dava um olhar gélido para Maria Thins, que fingia indiferença por trás da taça de vinho.

Ao me ver, van Ruijven exclamou, rindo: — Ah, a criada de grandes olhos! Estava pensando onde você andava. Como vai, minha menina?

— Muito bem, senhor, obrigada — murmurei, servindo uma fatia de faisão no prato dele e saindo o mais rápido possível. Mas não fui tão rápida: ele conseguiu enlaçar minha cintura. Fiquei sentindo aquela mão, mesmo depois de ele a tirar.

A esposa dele e Maertge ficaram caladas, enquanto van Leeuwenhoek notava tudo: a raiva de Catharina, a irritação do meu patrão, a indiferença de Maria Thins, a mão-boba de van Ruijven. Quando eu o servia, ele procurava me olhar como se pudesse encontrar no meu rosto a resposta de como uma simples criada podia causar tanto problema. Fiquei agradecida: a expressão dele não me censurava.

Tanneke também percebeu o alvoroço que eu causava e, por uma única vez, me ajudou. Não comentamos nada na cozinha, mas ela levou o molho do faisão, serviu mais vinho e mais carne, enquanto eu cuidava da cozinha. Só precisei voltar quando tivemos de retirar os pratos. Tanneke foi direto para o lugar de van Ruijven e eu peguei os pratos da outra ponta da mesa. Os olhos de van Ruijven me seguiam por todo canto.

Os de meu patrão também.

Tentei ignorá-los prestando atenção no que dizia Maria Thins. Ela comentava o próximo quadro de meu patrão. — Você gostou daquele da lição de música, não foi? — perguntou. — Para combinar com ele, não seria perfeito outro com um conjunto de músicos? Depois de uma lição, um concerto, talvez com mais integrantes, três ou quatro músicos, uma platéia.

— Platéia, não — interrompeu meu patrão. — Não faço platéias.

Maria Thins olhou-o, cética.

Van Leeuwenhoek fez um aparte de gênio: — Ora, ora, claro que uma platéia é menos interessante que os músicos.

Gostei que ele defendesse meu patrão.

— Não faço questão de platéia, mas gostaria de estar no quadro, tocando alaúde — anunciou van Ruijven. E, após uma pausa, acrescentou: — Quero que ela também esteja. — Não olhei, mas sabia que ele tinha apontado para mim.

Tanneke fez um pequeno gesto de cabeça na direção da cozinha e eu fugi com as poucas coisas que tinha tirado da mesa, deixando para ela trazer o resto. Eu queria olhar para meu patrão, mas não ousava. Quando ia saindo da sala, ouvi Catharina dizer, alegre: — Que ótima idéia! Como o quadro seu com a criada de vestido vermelho. Lembra-se dela?

No domingo, minha mãe conversou comigo quando ficamos a sós, na cozinha. Meu pai estava sentado lá fora, tomando o sol de final de outubro, enquanto nós preparávamos o jantar.

— Você sabe que não dou ouvidos a intrigas do mercado — começou ela. — Mas é difícil não dar quando se fala de minh filha.

Pensei, na hora, em Pieter, o filho. Mas nada que fizemos no beco merecia intriga. Eu tinha insistido quanto a isso. — Não sei do que a senhora está falando, mãe — confessei de modo bem sincero.

Minha mãe apertou os cantos da boca. — Estão dizendo que seu patrão vai pintar você. — As palavras pareciam fazer a boca de minha mãe ficar cheia de dobras.

Parei de mexer a tigela: — Quem disse?

Minha mãe suspirou, sem querer passar adiante histórias entreouvidas. — Umas vendedoras de maçãs.

Não respondi e ela considerou o silêncio como o pior sinal. — Por que não me disse, Griet?

— Mãe, eu jamais ouvi isso. Ninguém me disse nada!

Ela não acreditou.

— Isso mesmo — insisti. — Meu patrão não disse nada, Maria Thins não disse nada. Eu apenas limpo o ateliê. É o mais perto que chego dos quadros dele. — Nunca contei para ela do meu trabalho no sótão. — A senhora acredita em velhas que vendem maçãs e não em mim?

— Sempre que corre um boato sobre alguém no mercado há algum motivo, mesmo que não seja exatamente o que dizem. — Minha mãe saiu da cozinha para chamar meu pai. Ela não comentou mais o assunto naquele dia, mas fiquei com medo de que estivesse certa: eu seria a última a saber.

No dia seguinte, no Mercado de Carne, resolvi perguntar a Pieter, o pai, sobre o boato. Não ousei comentar com Pieter, o filho. Se minha mãe tinha ouvido o boato, ele também tinha. Eu sabia que ele não gostaria. Embora nunca tivesse dito, era evidente que sentia ciúme do meu patrão.

Pieter, o filho, não estava na barraca. Não precisei esperar muito para Pieter, o pai, dizer alguma coisa: — Que história é essa? Vai ser pintada, é? Daqui a pouco vai ficar importante demais para meu filho. Por sua causa, ele foi de mau humor ao Mercado de Animais.

— Diga o que você sabe.

— Ah, quer ouvir outra vez, não? — ele falou mais alto. — Devo contar uma linda história para outros ouvirem?

— Baixo — pedi. Por trás da zombaria, percebi que estava zangado comigo. — Diga o que você ouviu.

Pieter, o pai, baixou a voz: — A cozinheira de van Ruijven disse que você vai posar num quadro com o patrão dela.

— Não sei disso — afirmei, vendo que minhas palavras surtiram pouco efeito, como aconteceu em relação a minha mãe. Pieter, o pai, pegou um punhado de fígados de porco. — Não é para mim que você tem que falar — disse, pesando a carne.

Esperei alguns dias para procurar Maria Thins. Queria ver se alguém comentaria comigo antes. Encontrei-a uma tarde na sala da Crucificação, quando Catharina estava dormindo e Maertge tinha levado as meninas ao Mercado de Animais. Tanneke estava na cozinha: costurava e cuidava de Johannes e Franciscus.

— Posso falar um instante, madame? — perguntei, baixo.

— O que foi, menina? — Acendeu o cachimbo e me olhou através da fumaça. — Mais problemas? — Parecia aborrecida.

— Não sei, madame. Mas soube de uma coisa estranha.

— Todos nós temos sabido de coisas estranhas.

— Eu soube... que vou estar num quadro. Com van Ruijven.

Maria Thins deu uma risada. — É, essa é uma coisa estranha. Falaram no mercado, não é?

Concordei.

Ela se recostou na cadeira e soltou umas baforadas. — Diga uma coisa, o que você acharia de estar num quadro assim?

Eu não sabia o que responder. — O que acharia, madame? — repeti, feito boba.

— Não me importaria de fazer essa pergunta para algumas pessoas. Como Tanneke, por exemplo. Quando foi pintada, ficou lá, bem contente, derramando leite durante meses, sem pensar absolutamente em nada. Que Deus a mantenha. Mas você não, você pensa de tudo quanto é jeito e não diz. Em que coisas pensa?

Dei o único argumento sensato que ela compreenderia. — Não quero ficar ao lado de van Ruijven, madame. Acho que as intenções dele não são honradas — falei firme.

— Em matéria de mulheres jovens, as intenções dele nunca são honradas.

Nervosa, passei as mãos no avental.

— Parece que você tem um herói para defender sua honra

— continuou ela. — Tanto meu genro deseja pintar você com van Ruijven quanto você deseja posar com van Ruijven.

Não escondi meu alívio.

Mas Maria Thins avisou: — Só que van Ruijven é o mecenas, além de rico e poderoso. Não podemos ofendê-lo.

— O que a senhora vai dizer para ele, madame?

— Ainda estou pensando. Enquanto isso, você vai ter de agüentar os boatos. Não responda nada, não queremos que van Ruijven saiba pelas futricas do mercado que você não quer posar com ele.

Devo ter feito uma cara desapontada. — Não se preocupe, menina — rosnou Maria Thins, batendo o cachimbo na mesa para tirar a cinza. — Vamos cuidar disso. Continue de cabeça baixa e fazendo suas tarefas, não abra a boca para ninguém.

— Sim, madame.

Mas falei com uma pessoa. Achei que precisava.

Foi fácil evitar Pieter, o filho: naquela semana houve leilão no mercado, dos animais que ficaram na engorda no campo durante o verão e o outono e estavam prontos para o abate, antes de o inverno começar. Pieter foi a todos os leilões.

À tarde, depois de falar com Maria Thins, escapei para procurá-lo no mercado, que ficava dobrando a esquina da Oude Langendijck. O mercado era mais calmo à tarde do que pela manhã, quando eram feitos os leilões. À tarde, os animais já tinham sido levados por seus novos donos e os homens ficavam embaixo das árvores da praça, contando dinheiro e discutindo os negócios que tinham feito. As folhas das árvores tinham amarelado e caído, misturando-se com o excremento e a urina cujo cheiro senti bem antes de chegar ao mercado.

Pieter, o filho, estava sentado com outro homem do lado

de fora de uma das tavernas da praça, tomando uma caneca de cerveja. Entretido na conversa, não percebeu quando me aproximei da mesa. Foi o companheiro dele que me viu e fez sinal para Pieter.

— Gostaria de falar com você um instante — pedi, calma, antes que Pieter tivesse sequer a chance de se espantar.

O companheiro dele levantou-se na hora e ofereceu-me sua cadeira.

— Podemos andar? — sugeri, mostrando a praça.

— Claro — concordou Pieter. Cumprimentou o amigo e me seguiu na rua. Pelo jeito, não ficou claro se estava contente de me ver ou não.

— Como foram os leilões hoje? — perguntei, desajeitada. Nunca fui boa de conversa.

Pieter não deu ouvido a minha pergunta. Colocou a mão em meu ombro para me orientar no meio dos excrementos dos animais, depois tirou.

Desisti da conversa. — Estão falando de mim no mercado — falei, de repente.

— Tem sempre uma intriga sobre alguém — respondeu ele, neutro.

— Não é verdade o que dizem, não vou aparecer num quadro ao lado de van Ruijven.

— Ele gosta de você, meu pai me disse.

— Mas não vou estar num quadro com ele.

— Ele é muito poderoso.

— Você tem que acreditar em mim, Pieter.

— Ele é muito poderoso — repetiu Pieter — e você é apenas uma criada. Quem você acha que vai bater nessa rodada do jogo?

— Você acha que eu vou ficar como a criada de vestido vermelho.

— Só se você tomar vinho com ele — disse Pieter, olhando-me bem direto.

— Meu patrão não quer me pintar com van Ruijven — contei, relutante, após pensar um instante, pois não queria falar nele.

— Que bom, eu também não quero que pinte.

Parei e fechei os olhos. O cheiro forte dos animais estava começando a me entontecer.

— Você está se apegando ao que não devia, Griet. O mundo deles não é igual ao nosso — lembrou Pieter, delicadamente.

Abri os olhos e parei de andar. — Vim aqui para explicar que o boato é falso, não para você me acusar. Desculpe ter incomodado.

— Não precisa se desculpar, eu acredito em você. — Mas você não tem muita influência sobre o que acontece. Tem certeza de que percebe isso?

Não respondi e ele continuou: — Se o seu patrão quiser um quadro de você com van Ruijven, acha mesmo que pode se negar?

Era uma pergunta que eu tinha feito para mim mesma, mas não encontrei resposta. — Obrigada por me lembrar como sou indefesa — respondi, rudemente.

— Se estivesse comigo, não seria. Teríamos nosso negócio, ganharíamos nosso dinheiro, seríamos donos de nossas vidas. Não é o que você quer?

Olhei para ele, para seus brilhantes olhos azuis, seus cachos louros, seu rosto impetuoso. Eu era uma boba até por ficar indecisa.

— Não vim aqui falar nisso. Ainda sou muito jovem — usei a velha desculpa. Um dia eu é que estaria velha demais para usá-la.

— Nunca sei o que você está pensando, Griet — tentou ele, de novo. — Você é tão quieta e calma, nunca diz. Mas há coisas dentro de você, às vezes eu as vejo escondidas em seus olhos.

Alisei minha touca, conferindo com os dedos se algum cabelo estava aparecendo. — Eu só queria dizer que não existe quadro — falei sem dar atenção ao que ele tinha dito. — Maria Thins me prometeu, mas você não pode dizer para ninguém. Se falarem de mim no mercado, não diga nada. Não tente me defender. Van Ruijven pode ouvir e o que você disser vai ficar contra nós.

Pieter, triste, concordou e chutou um monte de palha suja.

Nem sempre ele vai ser tão sensato, pensei. Um dia, vai desistir.

Para premiá-lo pela sensatez, deixei que me levasse a um pequeno vão entre duas casas perto do Mercado dos Animais e deixei que passasse a mão por meu corpo, acompanhando quando havia curvas. Tentei sentir prazer com aquilo, mas ainda estava enjoada com o cheiro dos animais.

Apesar de tudo o que falei para Pieter, o filho, eu mesma não me sentia muito segura da promessa de Maria Thins de me excluir do quadro. Ela era uma mulher incrível, esperta para negociar, segura de seu lugar, mas não era van Ruijven. Eu não imaginava como poderiam recusar o que ele quisesse. Ele quis um quadro da esposa olhando para o pintor, e meu patrão fez. Quis um quadro da criada com o vestido vermelho e conseguiu. Se me quisesse, por que não iria conseguir?

Um dia, três homens que eu nunca vi chegaram com uma espineta bem amarrada numa carroça. Um menino vinha atrás, carregando uma viola de gamba maior do que ele. Os instrumentos não eram de van Ruijven, mas de um de seus amigos que gostava de música. A casa inteira veio olhar os homens lutando para subir a espineta na escada íngreme. Cornélia ficou bem ao pé da escada: se o instrumento se soltasse, cairia em cima dela. Queria puxá-la de lá; se fosse qualquer outra criança, eu não teria dúvidas, mas fiquei quieta. Catharina finalmente insistiu para ela ficar num lugar mais seguro.

Depois que os homens subiram a escada, levaram o instrumento para o ateliê sob a supervisão de meu patrão. Quando se foram, ele chamou Catharina lá em cima. Maria Thins foi atrás. Um minuto após, ouvimos o som da espineta sendo tocada. As meninas sentaram na escada enquanto Tanneke e eu ficamos no corredor, ouvindo.

— É a sua patroa tocando? Ou a minha? — perguntei para Tanneke. Era tão improvável ser qualquer das duas que pensei que ele estivesse tocando e chamara Catharina para ser a platéia.

— É a sua patroa, claro — silvou Tanneke. — Por que ele mandou subir? Toca muito bem a jovem patroa. Tocava quando menina, mas o pai ficou com a espineta quando se separou da minha patroa. Nunca ouviu a jovem patroa reclamar que não tinha dinheiro para comprar um instrumento musical?

— Não — respondi, depois pensei um instante: — Você acha que ele vai pintá-la? Para esse quadro de van Ruijven? — Tanneke devia ter ouvido os boatos no mercado, mas não me disse nada.

— Ah, o patrão não vai: ela não consegue ficar parada!

Nos dias que se seguiram, ele colocou uma mesa e cadeiras na cena e levantou a tampa da espineta, que era pintada com uma paisagem de pedras, árvores e céu. Em primeiro plano, colocou uma toalha de lã na mesa com a viola de gamba embaixo, no chão.

Um dia, Maria Thins me chamou no quarto da Crucificação: — Olha, menina, esta tarde quero que você saia para fazer umas coisas para mim. Vai ao boticário comprar flores secas e hissopo, pois Franciscus está com tosse, agora que o frio voltou. E depois vai até a velha Mary, a fiandeira, trazer um pouco de lã, o suficiente para fazer uma gola para Aleydis. Notou que a dela está desfiando? — Fez uma pausa, como se imaginasse quanto tempo eu levaria para ir de um lugar a outro. — Depois, vá à casa de Jan Mayer perguntar quando o irmão dele chega em Delft. Ele mora ao lado da torre Rietveld. É perto da casa dos seus pais, não? Pode visitar os dois.

Maria Thins jamais tinha permitido que eu visse meus pais fora do domingo. Então, adivinhei. — Van Ruijven vem hoje aqui, madame?

— Não deixe que ele veja você — respondeu ela, duramente. — É melhor nem estar aqui porque, se perguntar por você, diremos que saiu.

Por um instante, tive vontade de rir. Van Ruijven fazia com que todos nós (incluindo Maria Thins) corrêssemos como cachorros atrás de coelhos.

Minha mãe ficou espantada de me ver naquela tarde. Felizmente, uma vizinha estava de visita e ela não pôde me perguntar nada. Meu pai não estava interessado. Tinha mudado muito desde que eu saíra de casa e que Agnes morrera. Não tinha mais curiosidade pelo mundo além da rua onde morava, raramente perguntava o que andava acontecendo na Oude

Langendijck ou no mercado. A única coisa que ainda lhe despertava interesse eram os quadros.

Quando sentamos ao lado da lareira, eu disse: — Mãe, meu patrão está começando o quadro que vocês estavam perguntando. Van Ruijven chegou e está lá posando. Todos os que vão estar no quadro estão lá agora.

Nossa vizinha, uma velha de olhos claros que adorava os fuxicos do mercado, me olhou como se eu tivesse acabado de colocar um capão assado na frente dela. Minha mãe franziu o cenho: sabia o que eu estava fazendo.

Pronto, pensei. Isso vai acabar com os boatos.

Naquela noite, ele não foi o mesmo de sempre. Ouvi-o falando brusco com Maria Thins no jantar; mais tarde, saiu e voltou com cheiro de taverna. Eu estava subindo a escada quando ele entrou na casa. Olhou para mim com o rosto cansado e vermelho. Não tinha uma expressão zangada, mas fatigada, de um homem que acaba de ver toda a lenha que tem para cortar ou de uma criada vendo a pilha de roupa para passar.

Na manhã seguinte, o ateliê dava poucas pistas do que havia acontecido na tarde anterior. Foram colocadas duas cadeiras: uma, em frente à espineta, e outra de costas para o pintor. Havia um alaúde na cadeira e um violino na mesa à esquerda. A viola de gamba continuava nas sombras, embaixo da mesa. Era difícil dizer, pela arrumação, quantas pessoas seriam pintadas.

Mais tarde, Maertge me disse que van Ruijven tinha vindo com a irmã e uma das filhas.

— Quantos anos tem a filha? — tive de perguntar.

— Dezessete, acho.

A minha idade.

Voltaram alguns dias depois. Maria Thins me mandou dar mais voltas e disse para me divertir em algum lugar durante a manhã. Gostaria de lembrar a ela que eu não podia sair todos os dias em que eles viessem: estava ficando muito frio para andar nas ruas e havia muito trabalho para fazer em casa. Não falei nada. Não podia explicar, mas sentia que alguma coisa ia mudar, só não sabia como.

Não podia ir de novo à casa de meus pais, eles achariam que tinha alguma coisa errada e explicar faria com que pensassem que coisas piores ainda estavam acontecendo. Por isso, fui à fábrica onde Frans trabalhava. Não o via desde que perguntara pelos objetos de valor que havia na casa. As perguntas dele me irritaram e não fiz mais questão de visitá-lo.

A mulher no portão não me reconheceu. Pedi para ver Frans, mas ela não se importou, sumiu sem me mostrar onde ficava a fábrica. Entrei numa construção baixa onde rapazes da idade de Frans pintavam azulejos, sentados nos bancos de mesas compridas. Faziam desenhos simples, mas nada do estilo gracioso dos azulejos de meu pai. Muitos não estavam pintando nem as figuras principais, apenas os enfeites nos cantos, as folhas e arabescos, deixando um espaço no centro para um mestre mais talentoso preencher.

Quando me viram, houve um coro de assobios que quase me fez tampar os ouvidos. Perguntei ao rapaz mais próximo onde estava meu irmão. Ele enrubesceu e calou-se. Embora eu fosse uma distração bem-vinda, ninguém quis responder à minha pergunta.

Encontrei outra construção, menor e mais quente, onde ficava o forno. Frans estava lá sozinho, sem camisa, o suor escorrendo pelo corpo e uma cara amuada. Seus braços e peito tinham ficado musculosos. Ele estava se tornando homem.

Frans tinha amarrado panos nos braços e nas mãos que lhe davam uma aparência rude, mas, quando enfiava e tirava os tabuleiros de azulejos no forno, manejava com agilidade, sem se queimar. Fiquei com receio de chamá-lo, ele se assustar e deixar cair uma bandeja, mas ele me viu antes e colocou a bandeja no chão.

— Griet, o que está fazendo aqui? Aconteceu alguma coisa com a mãe e o pai?

— Não, não, estão ótimos. Vim só visitar.

— Ah. — Frans tirou os panos dos braços, enxugou o suor do rosto e bebeu um gole de cerveja num caneco. Encostou-se na parede e torceu os ombros como fazem os homens depois de descarregar um barco no canal para relaxar esticando os músculos. Nunca tinha visto ele fazer aquilo.

— Continua trabalhando no forno? Não mudaram você para outra coisa? Para envernizar ou pintar como aqueles rapazes na outra casa?

Frans fez que não ouviu.

— Aqueles rapazes têm a mesma idade que você. Você não devia — não terminei a frase porque vi o rosto dele.

— Estou de castigo — contou, em voz baixa.

— Por quê? Castigo?

Frans não respondeu.

— Conte, senão vou dizer a nossos pais que você está com problemas.

— Não estou — negou ele, rapidamente. — Irritei o dono da fábrica, é só.

— O que você fez?

— Fiz uma coisa que a esposa dele não gostou.

— O quê?

Frans ficou indeciso. — Foi ela quem começou — revelou ele, bem devagar. — Mostrou-se interessada por mim, sabe? Aceitei e então ela contou para o marido, que só não me despediu porque é amigo do pai. Vou ficar no forno até o humor dele melhorar.

— Frans! Como pode ser tão idiota? Sabe que essa mulher não é para gente como você. Comprometer seu lugar aqui por uma coisa dessas!

— Você não entende — reclamou ele. — Trabalhar aqui é exaustivo e entediante, vim para cá para pensar no que fiz, só isso. Mas *você* não tem o direito de julgar, vai casar com o açougueiro e levar uma ótima vida. É fácil dizer como devia ser a minha vida, se só o que tenho é uma sucessão de azulejos e dias longos. Por que não posso admirar uma carinha bonita de vez em quando?

Eu queria protestar, dizer que entendia a situação dele. Às vezes, eu tinha pesadelos com pilhas de roupas para lavar que nunca diminuíam, por mais que esfregasse, fervesse e passasse. Em vez de dizer isso, perguntei:

— Essa mulher é a mesma do portão?

Frans não respondeu; bebeu mais cerveja. Pensei no rosto enfezado da mulher e em como meu irmão poderia sentir atração por ela.

— Aliás, por que você está aqui? Não devia estar na Esquina dos Papistas?

Eu tinha preparado uma desculpa: pediram para eu ir naquela parte da cidade. Mas estava com tanta pena de meu irmão que acabei contando de van Ruijven e do quadro. Foi um alívio confiar nele.

Frans ouviu com atenção e, quando terminei, disse: — Está vendo, não somos tão diferentes nas atenções que provocamos nos superiores a nós.

— Mas eu não correspondi à corte de van Ruijven, nem pretendo.

— Não estou falando dele, mas do seu patrão — disse Frans com um olhar malicioso.

— Do meu patrão? Como? — gritei.

Frans sorriu. — Griet, você não precisa ficar nervosa.

— Pare com isso! O que está dando a entender? Ele jamais...

— Não precisa. Está na sua cara. Você gosta dele. Pode esconder isso de nossos pais e do seu açougueiro, mas não de mim. Conheço você melhor que eles.

É verdade. Ele me conhecia melhor.

Abri a boca para falar, mas não saiu uma palavra.

Embora fosse dezembro e frio, andei tão rápido e estava tão aborrecida com Frans que voltei à Esquina dos Papistas muito antes da hora. Fiquei com calor e fui tirando os xales para refrescar o rosto. Estava subindo a Oude Langendijck quando vi van Ruijven e meu patrão caminhando na minha direção. Abaixei a cabeça e passei para o outro lado da rua. Assim, ficava ao lado do meu patrão e não de van Ruijven, mas isso só serviu para chamar a atenção dele. Ele parou, obrigando meu patrão a parar também.

— Você! A criada de grandes olhos — chamou, virando-se para mim. — Disseram que não estava em casa. Acho que está me evitando. Como se chama, menina?

— Griet, senhor. — Mantive os olhos fixos nos sapatos do meu patrão. Eram pretos e lustrosos: eu tinha ensinado Maertge a engraxá-los naquela manhã.

— Bem, Griet, estava me evitando?

— Ah, não, senhor. Precisei ir à rua — e desfiei os muitos lugares onde estive para Maria Thins antes de visitar Frans.

— Espero ver mais você, então.

— Sim, senhor. — Havia duas mulheres atrás dele. Dei uma olhada e adivinhei que eram a filha e a irmã que posavam para o quadro. A filha me olhava.

— Você não esqueceu o que prometeu, espero — disse ele para meu patrão.

Meu patrão sacudiu a cabeça como um boneco. — Não, não esqueci — respondeu, depois de pensar.

— Muito bom, espero que faça um esboço antes de posarmos outra vez. — O sorriso de van Ruijven me deu calafrio.

Fez-se um longo silêncio. Olhei de relance para meu patrão. Ele estava se esforçando para manter uma cara calma, mas eu sabia que estava zangado.

— Sim — respondeu, com os olhos na casa do outro lado da rua. Não me olhou.

Não entendi a conversa na rua, mas sabia que era comigo. No dia seguinte, descobri do que se tratava.

De manhã, ele pediu para eu subir ao ateliê à tarde. Achei que queria que eu fizesse as tintas, pois estava começando o quadro do concerto. Quando cheguei, ele não estava. Fui direto para o sótão. A mesa de moer estava limpa, sem nada para eu trabalhar. Desci a escadinha me sentindo boba.

Ele estava lá, olhando numa janela.

— Griet, por favor, sente-se — disse ele, de costas para mim.

Sentei na cadeira ao lado da espineta. Não toquei: nunca tinha tocado um instrumento, exceto para limpá-lo. Enquanto esperava, prestei atenção nos quadros que ele havia pendurado na parede de fundo e que entrariam na composição. À esquerda, havia uma paisagem e, à direita, um retrato de três pessoas: uma mulher tocando alaúde, com um vestido que mostrava boa parte dos seios, um cavalheiro com o braço em torno dela e uma velha. O homem estava comprando os favores da jovem e a velha estendia a mão para pegar a moeda que ele dava. Maria Thins era dona do quadro e me disse que se chamava *A alcoviteira*.

— Essa cadeira, não. — Ele tinha saído da janela. — Essa é da filha de van Ruijven.

Era nela que eu sentaria, pensei, se fosse posar para o quadro.

Ele pegou outra cadeira cabeça-de-leão e colocou-a perto do cavalete, mas de lado, de forma que ficava de frente para a janela. — Sente-se aqui.

— O que quer, senhor? — perguntei, sentando. Estava confusa: nunca nos sentáramos juntos. Fiquei gelada, embora não estivesse frio.

— Não fale. — Abriu uma janela para que a luz viesse bem no meu rosto. — Olhe pela janela — disse ele, sentando de frente para o cavalete.

Olhei para a torre da Nova Igreja e engoli em seco. Senti meu maxilar endurecer e meus olhos se arregalarem.

— Agora, olhe para mim.

Virei a cabeça e olhei para ele por cima do ombro.

Os olhos dele prenderam nos meus. Não consegui pensar em nada, só que o cinza dos olhos dele era como o interior de uma concha de madrepérola.

Ele parecia estar aguardando alguma coisa. Meu rosto começou a ficar tenso, com medo de não estar fazendo o que ele queria.

— Griet — disse ele, suavemente. Era só o que precisava dizer. Meus olhos ficaram marejados. Naquele momento, fiquei sabendo.

— Isso, não se mexa.

Ele ia me pintar.

1666

— Você está com cheiro de óleo de linhaça.

Meu pai falou sem muita certeza. Não acreditava que, só por limpar o ateliê de um pintor, o cheiro pudesse grudar na minha roupa, pele e cabelo. Ele tinha razão. Era como se adivinhasse que eu naquela época dormia com o óleo no quarto e que ficava sentada horas sendo pintada, absorvendo o cheiro. Ele adivinhou, mas não podia dizer. A cegueira tirara sua segurança e ele não confiava no que lhe passava pela cabeça.

Se fosse um ano antes, eu teria tentado ajudá-lo, supor o que estava pensando, brincar para ele contar o que estava pensando. Mas naquele dia eu apenas o olhei lutar em silêncio como um besouro que caiu de costas e não consegue se virar.

Minha mãe também supôs, embora não soubesse o quê. Às vezes, eu não conseguia olhar para ela. Quando olhava, sentia um misto de raiva, curiosidade e mágoa. Ela tentava entender o que havia acontecido com a filha.

Tinha me acostumado com o cheiro de óleo de linhaça. Até guardava uma garrafinha ao lado da minha cama. De manhã, quando me vestia, eu colocava na janela para admirar sua cor, que era como suco de limão com uma gota de amarelo-chumbo.

Gostaria de contar para meus pais que estava usando aquela cor. Era nela que ele estava me pintando.

Em vez de contar isso, para mudar de assunto, descrevi o outro quadro que meu patrão estava fazendo. — Uma jovem toca a espineta. Está de corpete amarelo e preto (o mesmo que a filha do padeiro usou no quadro), saia de cetim branco e usa laços brancos no cabelo. Na curva da espineta há uma outra mulher que segura a partitura e canta. Ela está de casaco verde debruado de pele e vestido azul. Entre as duas há um homem sentado de costas para nós.

— É Van Ruijven — interrompeu meu pai.

— Sim, é ele. Só se pode ver as costas dele, o cabelo e o braço no alaúde.

— Ele toca mal o alaúde — disse meu pai, ansioso.

— Muito mal, é por isso que está de costas, para que não se possa ver que não consegue nem segurar o instrumento direito.

Meu pai riu, estava de bom humor outra vez. Sempre gostava de saber que um homem rico era um músico ruim.

Nem sempre era fácil recuperar o bom humor dele. Os domingos com meus pais tinham ficado tão difíceis que comecei a gostar quando Pieter, o filho, almoçava conosco. Ele devia notar os olhares preocupados de minha mãe para mim, as lamúrias de meu pai, os silêncios estranhos e tão inesperados entre pai e filha. Pieter, o filho, nunca comentou nada, nunca fez sinal, nem ficou calado. Em vez disso, ele brincava com meu pai, elogiava minha mãe, sorria para mim.

Pieter não perguntou por que eu tinha cheiro de óleo de linhaça. Não parecia preocupado com o que eu podia esconder. Tinha resolvido confiar em mim.

Era um bom homem.

Mas eu não conseguia evitar: olhava sempre se ele tinha sangue sob as unhas.

Ele devia lavá-las em água e sal, pensei. Um dia vou dizer isso a ele.

Era um bom homem, mas estava ficando impaciente. Eu não dizia, mas às vezes nos domingos, no beco do canal Rietveld, sentia a impaciência nas mãos dele. Ele segurava minhas pernas com mais força do que precisava, apertava a mão nas minhas costas e sentia seu sexo, apesar das várias saias que eu usava. Fazia tanto frio que não tocávamos na pele, só nas roupas de lã, nos rudes contornos de nossos braços e pernas.

Nem sempre a mão de Pieter me incomodava. Às vezes, se eu olhasse por cima do ombro dele e visse o céu e as outras cores além do branco de uma nuvem ou pensasse em moer grafite branco ou massicote, meus seios e minha barriga formigariam e eu me apertaria nele. Ele gostava quando eu correspondia, sem perceber que evitava olhar para o rosto e as mãos dele.

Naquele domingo do óleo de linhaça, quando meus pais pareciam tão intrigados e magoados, Pieter me levou depois para o beco. Lá, começou a me apertar e pegar no bico dos seios por cima do meu vestido. De repente, parou, fez um olhar malicioso e passou as mãos pelos meus ombros e pescoço. Antes que eu pudesse impedir, as mãos estavam embaixo da minha touca, mexendo no meu cabelo.

Segurei a touca com as duas mãos e zanguei: — Não faça isso!

Pieter sorriu, com os olhos vidrados como se olhassem o sol por muito tempo. Conseguiu soltar uma mecha do meu cabelo e enrolava-a nos dedos. — Dentro de pouco tempo, Griet, vou ver tudo isso. Você não vai ser sempre um segredo para mim. — Colocou a mão na minha barriga, foi descendo e se encostou em mim. — No próximo mês, você vai fazer dezoito anos. Vou falar com seu pai.

Desvencilhei-me dele: sentia como se estivesse num quarto quente e escuro, sem poder respirar. — Ainda sou muito jovem para isso. Jovem demais.

Pieter não se importou com o que ouviu. — Nem todo mundo espera até ficar mais velho. E a sua família precisa de mim. — Foi a primeira vez que ele comentou a pobreza de meus pais e a dependência, que era deles, mas passava a ser minha também. Por isso, eles gostavam de receber carne de presente e que eu ficasse no beco com ele, nos domingos.

Fiquei séria. Não gostava de que me lembrasse do poder que tinha sobre nós.

Pieter percebeu que não devia ter dito nada. Para consertar, enfiou a mecha de cabelo na minha touca e tocou no meu queixo: — Vou fazer você feliz, Griet. Vou mesmo.

Depois que ele se despediu, andei pela margem do canal, apesar do frio que fazia. O gelo tinha se quebrado e os barcos podiam passar, mas uma camada fina formou-se na superfície outra vez. Quando éramos crianças, Frans, Agnes e eu jogávamos pedras para quebrar o gelo até afundarmos todas as lascas. Parecia que aquilo havia sido há muito tempo.

Um mês antes, ele tinha me pedido para subir ao ateliê.

— Vou para o sótão — avisei para as pessoas que estavam na sala naquela tarde.

Tanneke não levantou os olhos da costura. — Antes, ponha um pouco mais de lenha na lareira — mandou.

As meninas estavam fazendo renda, supervisionadas por Maertge e Maria Thins. Lisbeth tinha paciência e dedos ágeis, seu trabalho era bom, mas Aleydis ainda era muito jovem para lidar com aquela trama delicada e Cornélia era impaciente demais. O gato estava aos pés de Cornélia ao lado da lareira e de vez em quando a menina jogava um pouco de linha para ele brincar. Provavelmente, esperava que o gato um dia enfiasse as patinhas no que ela estava fazendo e estragasse tudo.

Depois de colocar lenha na lareira, parei ao lado de Johannes, que brincava com um pião no ladrilho frio da cozinha. Ele rodou o pião com força e o brinquedo foi parar direto no fogo da lareira. Johannes começou a chorar, Cornélia riu muito e Maertge tentou tirar o pião das chamas com duas pinças.

— Não façam barulho. Assim, vão acordar Catharina e Franciscus — disse Maria Thins, mas elas não obedeceram.

Saí de mansinho, contente de fugir do barulho, mesmo que o ateliê estivesse bem frio.

A porta do ateliê estava fechada. Aproximei-me, apertei os lábios, alisei as sobrancelhas e percorri meu rosto com os dedos da testa ao queixo, como se testasse uma maçã para ver se estava firme. Fiquei indecisa na frente da pesada porta de madeira e bati de leve. Ninguém respondeu, embora eu soubesse que ele estava lá me esperando.

Era o primeiro dia do Ano-novo. Ele tinha dado a primeira mão de tinta quase um mês antes e nada mais: não fizera as marcas vermelhas para indicar as formas, não colocara as falsas tintas, as cores de cobertura, os detalhes. A tela era um vazio branco amarelado. Eu via todas as manhãs, quando limpava o ateliê.

Bati com mais força.

A porta se abriu: ele estava sério, não me olhou. — Griet, não precisa bater, só entrar — disse, virando-se para o cavalete onde a tela vazia aguardava as tintas.

Fechei a porta sem barulho, abafando o alarido das crianças lá embaixo. Fiquei no meio da sala e naquele momento, que tinha finalmente chegado, estava calma. — Chamou-me, senhor?

— Chamei. Fique ali — disse ele, indicando o canto onde tinha pintado as outras mulheres. A mesa que estava usando para o quadro do concerto estava arrumada, mas sem os instrumentos musicais. Entregou-me uma carta e disse: — Leia.

Abri a folha e inclinei a cabeça, preocupada que ele descobrisse que estava apenas fingindo ler uma letra que não conhecia.

Não tinha nada escrito no papel.

Olhei para dizer que ali não tinha o que ler, mas parei. Com ele, em geral era melhor ficar quieta. Olhei para o papel outra vez.

— Experimente isso — sugeriu, entregando um livro. Era encadernado em couro gasto e sua lombada estava partida em vários pedaços. Abri numa página qualquer e fiquei olhando. Não reconheci uma só palavra.

Ele me fez sentar com o livro, depois ficar de pé com o livro, olhando para ele. Pegou o livro, trocou pelo jarro branco com tampo de estanho e mandou eu fingir que servia uma taça de vinho. Pediu para eu me levantar e apenas olhar pela janela. Ele parecia confuso, como se alguém tivesse contado uma história e ele não conseguisse lembrar o final.

— A roupa — murmurou ele. — É esse o problema.

Entendi. Ele estava me mandando fazer coisas que as senhoras faziam, mas minha roupa era de criada. Pensei no casaco amarelo e no corpete amarelo e preto, e em qual dos dois ele me mandaria vestir. Mas, em vez de me entusiasmar com a idéia, fiquei preocupada. Não só porque seria impossível esconder de Catharina que eu estava usando a roupa dela.

É que não me sentia no direito de segurar livros ou cartas, servir-me de vinho, fazer coisas que nunca fizera. Gostaria de sentir a pele macia do casaco em volta do meu pescoço, mas não era uma roupa que eu usasse normalmente. Até que resolvi falar:

— Talvez devesse me mandar fazer outras coisas, senhor. Coisas que uma criada faz.

— O que uma criada faz? — perguntou ele gentilmente, cruzando os braços e levantando a sobrancelha.

Tive de esperar um instante antes de responder: meu maxilar estava tremendo. Pensei em Pieter e eu no beco, engoli em seco. — Varre e esfrega. Carrega água. Lava lençóis. Corta pão. Limpa vidraças.

— Gostaria que eu pintasse você com seu pano de limpeza?

— Não sou eu quem devo dizer, senhor. O quadro não é meu.

Ele franziu o cenho. — Não, não é — concordou, como se falasse consigo mesmo.

— Não quero que me pinte com meu pano — falei, sem saber que ia conseguir.

— Não, não, tem razão, Griet. Não pintaria você com um pano na mão.

— Mas não posso usar as roupas de sua esposa.

Fez-se um longo silêncio. — Não, espero que não. Mas não vou pintar você como criada — decidiu.

— Então como o quê, senhor?

— Vou pintar como vi você pela primeira vez, Griet. Só o rosto.

Colocou uma cadeira perto do cavalete, de frente para a janela do meio e sentei-me. Sabia que aquele seria o meu lugar. Ele ia encontrar a pose que me mandara fazer um mês antes, quando resolveu me pintar.

— Olhe pela janela — disse.

Olhei para aquele dia cinzento de inverno, lembrei-me de quando fiquei no lugar da filha do padeiro, tentei não ver nada e deixar meus pensamentos se acalmarem. Foi difícil porque estava pensando em duas coisas: nele e em mim, sentada na frente dele.

O sino da Nova Igreja deu duas badaladas.

— Agora, vire o rosto bem devagar para mim. Não, os ombros, não. Deixe o corpo virado para a janela. Mexa apenas a cabeça. Devagar, devagar. Basta. Mais um pouquinho, pare. Fique assim.

Fiquei.

Primeiro, não conseguia olhar para ele. E quando olhei foi como sentar perto de uma lareira que solta fagulhas. Passei a olhar seu queixo firme, seus lábios finos.

— Griet, você não está olhando para mim.

Fiz força para olhá-lo. De novo senti como se eu estivesse queimando, mas agüentei: ele queria que eu olhasse.

Logo ficou mais fácil olhá-lo. Ele me olhava como se não me visse, como se eu fosse outra pessoa, ou outra coisa, como se olhasse um quadro.

Ele está olhando a luz que bate no meu rosto, pensei, e não para o meu rosto. Essa é a diferença.

Era quase como se eu não estivesse lá. Quando senti isso, consegui relaxar um pouco. Como ele não estava me vendo, eu não o via. Minha cabeça começou a divagar: lembrei-me do coelho-no-pote que havíamos comido no jantar; da gola de renda que Lisbeth me dera; da história que Pieter, o filho, me contara um dia antes. Depois, pensei em nada. Duas vezes ele se levantou para mudar a posição de uma das cortinas. Foi ao armário várias vezes escolher pincéis e tintas. Eu via os movimentos dele como se estivesse na rua olhando pela janela.

O sino da igreja tocou três vezes. Pisquei. Eu não tinha sentido o tempo passar tão rápido. Era como se estivesse encantada.

Olhei-o: ele agora me via. Estava me olhando. Quando nos olhamos, uma onda de calor passou por meu corpo. Continuei olhando até que finalmente ele tirou os olhos e pigarreou.

— Por hoje, está bem, Griet. No sótão tem um osso para moer.

Concordei e saí da sala, o coração socando no peito. Ele estava me pintando.

— Tire a touca de cima do seu rosto — pediu ele, um dia.

— O rosto, senhor? — repeti feito boba e me arrependi. Ele preferia que eu não falasse, só obedecesse. Se falasse, que fosse alguma coisa que valesse a pena.

Ele não respondeu. Puxei o lado da minha touca que estava mais perto dele. A beirada engomada arranhou meu pescoço.

— Puxe mais para trás, quero ver a linha do seu rosto desse lado — disse.

Fiquei indecisa, depois puxei um pouco mais. Seus olhos percorreram o meu rosto.

— Mostre a orelha.

Eu não queria mostrar, mas não tinha escolha.

Passei a mão por dentro da touca para ver se havia algum cabelo aparecendo e enfiei umas mechas atrás da orelha. Depois, puxei a touca para mostrar a parte inferior da minha orelha.

O olhar dele era como um suspiro, embora não fizesse nenhum som. Percebi um barulho na minha garganta e engoli de forma que não escapasse.

— A sua touca — disse ele. — Tire.

— Não.

— Não?

— Por favor, não me peça isso, senhor. — Deixei a touca cair, cobrindo de novo minha orelha e aquele lado do rosto. Olhei para o chão, os azulejos cinza e brancos se estendendo à frente, limpos, um atrás do outro.

— Você não quer ficar sem a touca?

— Não, senhor.

— Você não quer ser pintada como criada, com o seu pano de limpeza e sua touca. Também não quer como uma dama, com cetim, pele, cabelo arrumado.

Não respondi. Não podia mostrar para ele o meu cabelo. Não era do tipo de moça que deixava a cabeça descoberta.

Ele mexeu na cadeira e levantou-se. Ouvi-o no quarto de despejo. Quando voltou, trazia vários panos que colocou no meu colo.

— Bom, Griet, veja o que pode fazer com isso. Ache um pano para enrolar na cabeça de forma que você não fique nem uma dama nem uma criada. — Não saberia dizer se ele estava achando ruim ou engraçado. Saiu da sala, batendo a porta.

Olhei os panos. Havia três toucas, todas muito finas para mim e muito pequenas para cobrir toda a cabeça. E pedaços de tecido, sobras de vestidos e corpetes de Catharina, em vários tons de amarelo e marrom, azul e cinza.

Não sabia o que fazer. Olhei em volta como se fosse achar uma resposta no ateliê. Meus olhos logo bateram no quadro *A alcoviteira*: a jovem não usava nada na cabeça, seu cabelo estava preso com laços, mas a velha usava um pano enrolado na cabeça, traspassado atrás. Talvez fosse isso que ele quisesse, pensei. Vai ver, as mulheres que não são nem damas, criadas, nem a outra coisa devem usar o cabelo assim.

Peguei um pedaço de pano marrom e levei para o quarto de despejo, onde havia um espelho. Tirei minha touca e enrolei o pano na cabeça o melhor que pude, conferindo com o quadro para imitar o pano da velha. Fiquei bem estranha.

Eu *devia* deixar ele me pintar com um pano de limpeza, pensei. O orgulho me fizera presunçosa.

Quando ele voltou e viu o que eu tinha feito, riu. Não costumava rir: às vezes, ria com as crianças, uma vez com van Leeuwenhoek. Fiquei séria. Não gostava que rissem de mim.

— Fiz só o que pediu, senhor — resmunguei.

Ele parou de rir. — Tem razão, Griet. Desculpe. Agora que posso ver mais o seu rosto, ele é — parou, sem terminar a frase. Sempre penso no que ele ia dizer.

Ele foi até a pilha de panos que eu tinha deixado na minha cadeira. — Por que você escolheu o marrom, se há outras cores? — perguntou.

Não queria falar outra vez em criadas e damas. Não queria lembrar a ele que os azuis e amarelos eram cores de damas. — Marrom é a cor que costumo usar — respondi simplesmente.

Ele pareceu adivinhar o que eu estava pensando. — Tanneke estava de azul e amarelo quando eu a pintei, alguns anos atrás — rebateu ele.

— Não sou Tanneke, senhor.

— Não, certamente não é. — Ele puxou uma comprida faixa azul. — Mesmo assim, quero que experimente este.

Olhei o pano: — É pouco para cobrir minha cabeça.

— Então use este também. — Pegou um pano amarelo com uma barra do mesmo azul e me deu.

Indecisa, levei os dois panos até o quarto de despejo e tentei outra vez na frente do espelho. Prendi o pano azul na testa e enrolei o amarelo várias vezes, cobrindo o alto da cabeça.

Coloquei a ponta para dentro e arrumei as dobras, alisei o azul em volta da cabeça e voltei para o ateliê.

Ele estava olhando um livro e não percebeu quando sentei na cadeira. Fiquei como estava. Quando virei a cabeça para olhar sobre o ombro esquerdo, ele levantou os olhos. No mesmo instante, a ponta do pano amarelo soltou e caiu no meu ombro.

— Ah! — exclamei, com medo que o pano caísse e mostrasse meu cabelo. Mas não caiu: só a ponta amarela se soltou. Meu cabelo continuou preso.

— Isso. Isso mesmo, Griet. Isso — aprovou ele.

Ele não me deixou ver o quadro. Colocou-o num outro cavalete, distante da porta, e pediu para eu não olhar. Prometi, mas algumas noites ficava na cama pensando em me enrolar no lençol e descer para ver. Ele jamais saberia.

Mas adivinharia. Eu achava que ele não podia me olhar todos os dias sem adivinhar que tinha visto o quadro. Eu não conseguia esconder as coisas dele. Não queria.

Também estava indecisa para descobrir como ele me via. Era melhor deixar que isso fosse mistério.

As tintas que pediu para eu misturar não deram uma pista do que estava fazendo. Preto, ocre, grafite branco, amarelo-chumbo, ultramarino, verniz azul, cores que eu tinha feito e que também poderiam ser usadas no quadro do concerto.

Não era comum ele trabalhar em dois quadros ao mesmo tempo. Embora não gostasse de passar de um para outro, ficou mais fácil esconder dos outros que estava me pintando. Poucas pessoas sabiam. Van Ruijven sabia: eu tinha certeza de que fora a pedido dele que meu patrão estava me pintando. Meu patrão deve ter concordado em me pintar sozinha e assim não ficar ao lado de van Ruijven. O quadro era para o mecenas.

Não gostava de pensar nisso. Nem meu patrão gostava, achava eu.

Maria Thins também sabia do quadro. Foi ela quem, provavelmente, fez o acerto com van Ruijven. Além do mais, ela ainda podia entrar e sair do ateliê quando quisesse e olhar o quadro, coisa que eu não tinha permissão. Às vezes ela me olhava de lado, com uma expressão curiosa que não conseguia disfarçar.

Eu desconfiava de que Cornélia sabia do quadro. Um dia, peguei-a onde não devia estar, na escada do ateliê. Se eu perguntasse por que estava lá, ela não iria dizer. Então, deixei-a, em vez de levá-la para Maria Thins ou Catharina. Eu não queria provocar nada, ao menos enquanto ele estivesse me pintando.

Van Leeuwenhoek sabia do quadro. Um dia, ele trouxe a câmara escura e arrumou-a para os dois me olharem. Não se surpreendeu de me ver sentada na cena. Meu patrão devia ter avisado. Olhou para meu belo turbante, mas não comentou nada.

Cada hora um olhava na câmara. Eu tinha aprendido a posar sem mexer, sem pensar e sem me distrair com o olhar dele. Mas era difícil, com aquela caixa preta apontada na minha direção. Não havia olhos, nem rosto, nem corpo virado para mim, apenas uma caixa e um manto preto cobrindo uma corcunda. Fiquei inquieta: não tinha mais certeza de como eles estavam me olhando.

Mas não podia negar que era interessante ser estudada tão atentamente por dois cavalheiros, mesmo sem poder ver a cara deles.

Meu patrão saiu do ateliê para buscar um pano macio e limpar as lentes. Van Leeuwenhoek esperou até ouvi-lo descendo a escada, e me disse, calmo: — Você se cuide, minha cara.

— O que quer dizer isso, senhor?

— Deve saber que ele está fazendo esse quadro para satisfazer van Ruijven, de quem seu patrão protege você.

Concordei e no fundo fiquei satisfeita de confirmar o que já desconfiava.

— Não entre na briga deles, você pode se machucar.

Eu continuava na posição feita para o quadro. Meus ombros já viravam sozinhos, como se eu estivesse tirando um xale. — Acho que meu patrão jamais me machucaria, senhor.

— Diga, minha cara, você conhece homens?

Fiquei muito ruborizada e virei o rosto. Pensei no beco com Pieter, o filho.

— Sabe, a competição torna os homens possessivos. O interesse dele é, em parte, por causa do interesse de van Ruijven.

Não respondi.

— Ele é um homem extraordinário — continuou van Leeuwenhoek. — Os olhos dele valem um quarto cheio de ouro. Mas, às vezes, ele vê o mundo só do jeito que quer, não como é. Não entende que seu ponto de vista tem efeito nos outros. Só pensa nele e no trabalho, não pensa em você. Por isso, você precisa prestar atenção. — Ele parou de falar: ouviu os passos de meu patrão na escada.

— Prestar atenção no quê, senhor? — cochichei.

— Em ser você mesma.

Levantei o rosto para ele: — Em ser uma criada, senhor?

— Não é isso que eu quero dizer. As mulheres nos quadros dele... ele prende no mundo dele. Você pode se perder nesse mundo.

Meu patrão entrou no ateliê. — Griet, você se mexeu — percebeu.

— Desculpe, senhor. — Voltei à posição.

Catharina estava grávida de seis meses quando ele começou a me pintar. Ela já estava bem grande, andava devagar, encostada nas paredes, apoiando no encosto das cadeiras e sentando-se como se afundasse, suspirando. Fiquei espantada por ela fazer com que parecesse difícil carregar um filho, considerando que já tinha tantos. Embora não reclamasse, quando ficava grandona, fazia com que cada movimento parecesse um castigo que tinha de suportar. Eu não percebi isso quando ela estava com Franciscus: era nova na casa e mal conseguia olhar além da pilha de roupa que me esperava todas as manhãs.

À medida que ficava mais pesada, Catharina ia se absorvendo nela mesma. Ainda cuidava das crianças com a ajuda de Maertge. Ainda se preocupava com a casa e dava ordens para Tanneke e para mim. Ainda fazia compras para a casa com Maria Thins. Mas uma parte dela estava em outro lugar, com o bebê. Seu jeito ríspido era menos comum e menos intencional. Ela ficou mais lenta e, embora fosse desastrada, quebrava menos coisas.

Eu tinha medo de que ela descobrisse o quadro. Felizmente, ficou difícil para ela subir a escada do ateliê e assim era pouco provável que escancarasse a porta e me visse posando na cadeira e ele no cavalete. Como era inverno, ela preferia ficar ao lado da lareira com as crianças, Tanneke e Maria Thins, ou cochilar embaixo de montes de colchas e peles.

O verdadeiro perigo era que descobrisse por intermédio de van Ruijven. Entre as pessoas que sabiam do quadro, ele era o pior para guardar um segredo. E vinha sempre posar para o quadro do concerto. Maria Thins não me mandava mais à rua, nem me pedia para sumir quando ele vinha. Seria impossível, pois havia pouca coisa para eu fazer na rua. Ela devia achar também que van Ruijven ficaria satisfeito com a promessa do quadro e me deixaria em paz.

Não deixou. Às vezes ele me procurava, enquanto eu lavava ou passava roupas na lavanderia, ou trabalhava com Tanneke na cozinha. Não era tão desagradável quando havia gente por perto: Maertge, Tanneke ou até Aleydis. Ele então apenas me cumprimentava com sua voz melosa — "Olá, minha menina" — e me largava em paz. Mas se eu estivesse só (como muitas vezes ficava no pátio, pendurando roupas para tomarem um solzinho de inverno) ele entrava e, por trás de um lençol que eu tinha acabado de pendurar ou de uma das saias da minha patroa, ele passava a mão em mim. Eu o afastava da forma mais gentil que uma criada pode fazer com um cavalheiro. Mesmo assim, ele conhecia bem a forma dos meus seios e coxas, por cima das roupas. E me dizia coisas que eu tentava esquecer, palavras que eu jamais repetiria para alguém.

Van Ruijven sempre fazia uma visita rápida a Catharina depois de posar no estúdio. A filha e a irmã esperavam pacientemente enquanto ele terminava de contar novidades e flertar. Embora Maria Thins tivesse dito para não contar nada a Catharina sobre o quadro, ele não era homem de guardar segredos. Ficou bem satisfeito por ter o meu retrato e deu algumas pistas para Catharina.

Um dia, quando eu estava limpando o corredor, ouvi-o dizendo para ela: — Quem você gostaria que seu marido pintasse, se pudesse pintar qualquer pessoa do mundo?

— Ah, eu não penso nessas coisas — respondeu ela, rindo. — Ele pinta o que pinta.

— Não sei disso. — Van Ruijven fez tanto para parecer malicioso que até Catharina mordeu a isca.

— O que você quer dizer? — perguntou ela.

— Nada, nada. Mas você devia pedir para ele fazer um

retrato seu, ele não poderia negar. Um retrato de uma das crianças, como Maertge, por exemplo. Ou mesmo um retrato da sua adorável pessoa.

Catharina ficou quieta. Como van Ruijven mudou rapidamente o assunto, deve ter percebido que a deixara intrigada.

Numa outra vez, quando ela perguntou se ele havia gostado de posar para o quadro, ele respondeu: — Não tanto quanto se tivesse uma linda moça para sentar ao meu lado. Mas logo terei um retrato dela, e isso, por enquanto, basta.

Catharina deixou essa observação passar, coisa que não teria feito alguns meses antes. Mas nessa época, talvez, a frase não parecesse tão suspeita, já que ela não sabia do quadro. Mas fiquei apavorada e repeti o que ele disse para Maria Thins.

— Você anda ouvindo conversas atrás das portas, menina? — perguntou a velha.

— Eu... — Não pude negar.

Maria Thins deu um sorriso rabugento. — Já era hora de eu pegar você fazendo as coisas que as criadas fazem. No próximo estágio, vai roubar colheres de prata.

Tive um sobressalto. Era duro falar aquilo, principalmente depois de todo o problema com Cornélia e o pente de tartaruga. Mas não havia nada que eu pudesse fazer: devia muito a Maria Thins e ela podia dizer uma coisa tão cruel.

— Você tem razão, a boca de van Ruijven é mais aberta que uma sacola de puta. Vou falar com ele outra vez — prometeu.

Isso não foi muito útil: pareceu estimulá-lo a dar mais pistas para Catharina. Maria Thins passou a ficar no quarto com a filha para ele conter a língua.

Eu não sabia o que Catharina seria capaz de fazer quando descobrisse o quadro. E, um dia, ela acabaria descobrindo: se não fosse na casa dela, seria na de van Ruijven, onde uma noite estaria jantando e de repente daria de cara comigo, pregada na parede.

Ele não trabalhava no quadro todos os dias. Tinha de pintar o do concerto também, com ou sem a presença de van Ruijven e suas mulheres. Pintava em volta deles quando não vinham ou pedia para eu ficar no lugar de uma delas: a tocadora de espineta ou a mulher que cantava, olhando para um papel. Eu não usava as roupas delas para substituí-las. Ele precisava apenas que um corpo estivesse naquele lugar. Às vezes, as duas mulheres vinham sem van Ruijven: era quando ele trabalhava melhor. Van Ruijven era um modelo difícil. Eu ouvia a voz dele enquanto trabalhava no sótão. Não conseguia ficar sentado quieto, queria conversar e tocar o alaúde. Meu patrão era tão paciente com ele como com uma criança, mas às vezes eu sentia uma irritação em sua voz e sabia que naquela noite ele iria à taverna e voltaria com os olhos brilhantes como duas colheres.

No outro quadro, eu posava três ou quatro vezes por semana, uma ou duas horas de cada vez. Era a parte da semana de que eu mais gostava, com os olhos dele só em mim naquelas horas. Não me importava que fosse uma pose difícil de manter. Olhar de lado durante muito tempo me dava dor de cabeça. Não me importava também quando às vezes ele precisava mudar minha cabeça várias vezes para o pano amarelo balançar e ele pintar como se eu tivesse acabado de virar o rosto. Eu fazia tudo o que ele pedia.

Mas ele não estava feliz. Passou fevereiro e chegou março, com seus dias de neve e sol, e ele não estava feliz. Trabalhava no quadro há quase dois meses e, embora eu não o tivesse visto, achava que estaria perto de terminar. Ele não pedia mais para misturar tintas, usava pequenas quantidades e fazia poucos movimentos com os pincéis. Eu achava que tinha entendido como ele queria que eu ficasse, mas depois fiquei em dúvida. Às vezes, ele apenas sentava e olhava para mim como se esperasse eu fazer alguma coisa. Depois, não parecia mais um pintor, mas um homem, e era difícil olhar para ele.

Um dia, ele disse, de repente, quando eu estava posando:

— Isso vai agradar a van Ruijven, mas não a mim.

Eu não sabia o que dizer. Não poderia ajudá-lo, se não tinha visto o quadro.

— Posso olhar o quadro, senhor?

Ele virou os olhos para mim, curioso.

— Talvez eu possa ajudar — acrescentei, depois me arrependi. Tinha ficado muito ousada.

— Está bem — disse ele, um instante depois.

Levantei e fiquei atrás dele. Ele não se virou, ficou bem quieto. Ouvi sua respiração lenta e regular.

O quadro era diferente de todos os outros. Era apenas eu, minha cabeça e ombros, sem mesas nem cortinas, janelas ou pincéis de pó-de-arroz para amenizar e distrair. Tinha me pintado com meus olhos bem abertos, a luz batendo no meu rosto com um lado na penumbra. Eu estava de azul, amarelo e pardo. O pano enrolado na minha cabeça não me deixara parecida comigo, mas com uma Griet de outra cidade, talvez até de outro país. O fundo era preto, fazendo com que eu ficasse muito só, embora estivesse, evidente, olhando para alguém. Parecia aguardar alguma coisa que não sabia se ia acontecer.

Meu patrão estava certo: o quadro podia agradar a van Ruijven, mas faltava alguma coisa nele.

Eu sabia antes de ele dizer. Quando vi o que faltava (aquele ponto brilhante que ele usara nos outros quadros para captar a visão), estremeci. Isso vai ser o fim, pensei.

Eu tinha razão.

Nessa vez, não tentei ajudá-lo como no quadro da esposa de van Ruijven escrevendo uma carta. Não entrei furtiva no ateliê e mudei coisas: trocar a cadeira onde eu sentava ou abrir mais as cortinas. Não enrolei diferente o pano azul e o amarelo, nem escondi a parte de cima da minha camisa. Não mordi os lábios para que ficassem mais vermelhos, nem alonguei o rosto. Não deixei à mostra as tintas que achava que podia usar.

Eu simplesmente posei, moí e lavei as tintas que ele pedira.

De todo jeito, ele descobriria.

Demorou mais do que eu esperava. Posei mais duas vezes até ele descobrir o que faltava. Cada vez que eu posava, ele pintava com um certo ar de insatisfação e logo me dispensava.

Esperei.

A própria Catharina deu-lhe a resposta. Uma tarde, Maertge e eu estávamos engraxando sapatos na lavanderia enquanto as outras meninas estavam no grande cômodo vendo a mãe se arrumar para uma grande festa. Ouvi Aleydis e Lisbeth darem gritinhos e sabia que Catharina tinha pego as pérolas, que as meninas adoravam.

Depois, ouvi os passos dele no corredor, silêncio e vozes baixas. Um momento depois, ele pediu: — Griet, traga uma taça de vinho para minha esposa.

Coloquei o jarro branco e duas taças numa bandeja, caso ele quisesse beber, e levei para o grande cômodo. Quando entrei, dei de cara com Cornélia, que estava na porta. Consegui equilibrar o jarro, mas as taças bateram no meu peito, sem quebrar. Cornélia deu um riso irônico e saiu do caminho.

Catharina estava sentada na mesa com seu pincel de pó e o pote, seus pentes e caixa de jóias. Usava as pérolas e o vestido de seda verde, reformado para cobrir sua barriga. Coloquei uma taça perto dela e servi.

— Gostaria de tomar um pouco de vinho, senhor? — perguntei, olhando-o. Ele estava encostado no armário que ficava em volta da cama, entre as cortinas de seda que, percebi pela primeira vez, eram do mesmo tecido do vestido de Catharina. O olhar dele passou de Catharina para mim e voltou. Estava com o olhar de pintor.

— Menina idiota, espirrou vinho em mim! — Catharina se afastou da mesa e passou a mão na barriga. Algumas gotas de vinho tinham espirrado nela.

— Desculpe, madame. Vou pegar um pano molhado para limpar.

— Ah, não precisa. Eu não agüento você mexendo em volta de mim. Pode sair.

Dei uma olhada para ele enquanto recolhia a bandeja. Os olhos estavam grudados nos brincos de pérolas da esposa. Ela virou a cabeça para colocar mais pó no rosto e o brinco balançou, refletindo a luz das janelas. Fez com que todos nós olhássemos para o rosto dela, os brincos refletiam a luz como os olhos dela.

— Preciso subir um instante, não demoro — disse ele para Catharina.

É isso, pensei então. Ele já tem sua resposta.

Quando ele me pediu para ir ao ateliê na tarde seguinte, não fiquei animada como costumava ao ficar posando. Pela primeira vez, estava com medo. Naquela manhã, as roupas que lavara pareceram especialmente pesadas e encharcadas, minhas mãos não tinham força para torcê-las. Andei lentamente da cozinha para o pátio e sentei para descansar mais de uma vez. Maria Thins me viu sentada quando veio pegar uma frigideira de cobre para panqueca. — O que houve, menina? Está doente? — perguntou.

Levantei na hora. — Não, madame, só um pouco cansada.

— Cansada, é? Isso não é para criada, principalmente de manhã. — Olhou como se não me acreditasse.

Enfiei as mãos na água gelada e peguei uma das camisas de Catharina. — Quer que eu faça alguma coisa na rua esta tarde, madame?

— Sair? Está tarde? Acho que não. É estranho perguntar isso, se está cansada. — Ela apertou os olhos. — Não está com problema, hein, menina? Van Ruijven não pegou você sozinha, hein?

— Não, madame. — Na verdade tinha pego, apenas dois dias antes, mas conseguira me livrar dele.

— Alguém descobriu você lá em cima? — Maria Thins perguntou baixo, indicando o ateliê com a cabeça.

— Não, madame. — Por um instante, tive vontade de contar para ela do brinco. Mas disse: — Comi alguma coisa que não combina comigo, foi só.

Maria Thins não ligou, saiu. Continuava não acreditando em mim, mas achou sem importância.

Naquela tarde, arrastei-me escada acima e parei na porta do ateliê. Aquela não seria como das outras vezes em que posara. Ele ia me pedir alguma coisa e eu estava em dívida com ele.

Abri a porta e entrei. Ele estava sentado no cavalete, estudando a cerda de um dos pincéis. Olhou para mim e notei no rosto dele uma coisa que nunca tinha visto. Estava nervoso.

Foi isso que me encorajou a falar. Fiquei ao lado da cadeira onde posava e coloquei a mão numa das cadeiras cara-de-leão. — Não posso fazer isso, senhor — falei, apertando o duro e frio entalhe do espaldar.

— Fazer o quê, Griet? — Estava realmente espantado.

— O que o senhor vai me pedir para fazer. Não posso usar isso. Criadas não usam pérolas.

Ele me olhou durante um bom tempo, depois balançou a cabeça algumas vezes. — Como você é imprevisível. Sempre me espanta.

Passei os dedos pelo nariz e a boca do leão, subi até o focinho e a juba, macia e saliente. Os olhos dele acompanharam meus dedos.

— Você sabe de que o quadro precisa, a pérola reflete a luz. Não vai ficar completo sem isso — disse ele, baixinho.

Eu sabia. Não olhei muito para o quadro, era muito estranho me ver, mas percebi na hora que precisava do brinco de pérola. Sem ele, havia apenas meus olhos, minha boca, uma parte da minha camisa, o escuro atrás da orelha, tudo separado. O brinco juntaria tudo. Completaria o quadro.

E também me poria na rua. Eu sabia que ele não emprestaria o brinco de van Ruijven ou de van Leeuwenhoek, nem de qualquer outra pessoa. Tinha visto a pérola de Catharina e era aquilo que faria eu usar. Usava o que queria nos quadros, sem considerar as conseqüências. Era como van Leeuwenhoek tinha me avisado.

Quando Catharina visse o brinco no quadro, explodiria de raiva.

Eu devia implorar para ele não acabar comigo. Em vez disso, argumentei:

— O quadro é para van Ruijven, não para o senhor. Será que tem tanta importância? O senhor mesmo disse que ele ficaria satisfeito.

O rosto dele endureceu e eu sabia que tinha dito a coisa errada.

— Eu jamais terminaria um quadro se achasse que não

estava completo, não importa para quem seja — disse ele. — Não é assim que trabalho.

— Não, senhor. — Engoli em seco e olhei para o chão ladrilhado. Idiota, pensei, com meu maxilar endurecendo.

— Vá se arrumar.

De cabeça baixa, corri para o quarto de despejo onde guardava o pano azul e o amarelo. Nunca sentira tanta desaprovação nele. Achei que não ia agüentar. Tirei a touca e, vendo que a fita que prendia meu cabelo estava frouxa, soltei-o. Estava tentando prender o cabelo de novo quando ouvi um dos ladrilhos do ateliê estalar. Gelei. Ele nunca tinha entrado no quarto de despejo quando eu estava me trocando. Nunca tinha me pedido isso.

Virei-me, com as mãos ainda no cabelo. Ele ficou na soleira, olhando.

Abaixei as mãos. Meu cabelo caiu em ondas sobre os ombros, castanho como os campos no outono. Ninguém jamais vira, somente eu.

— O seu cabelo — disse ele. Não estava mais zangado.

Finalmente, com os olhos, ele me deixou prosseguir.

Depois que ele viu meus cabelos, depois que me revelei, achei que não tinha mais nada de precioso para esconder e guardar comigo. Poderia ser mais livre, senão com ele, então com outra pessoa. Não interessava mais o que eu fizesse ou não.

Naquela tarde, escapei da casa e encontrei Pieter, o filho, numa das tavernas onde os açougueiros bebiam, perto do Mercado de Carne. Sem dar atenção aos assovios e graçolas que ouvi, chamei-o. Surpreso, ele colocou sua caneca de cerveja na mesa e me acompanhou até a rua, onde segurei na mão dele e fui para o beco. Lá, levantei minha saia e deixei ele fazer o que quis. Segurei atrás do pescoço dele, deixei que encontrasse um jeito em mim e começasse a empurrar ritmadamente. Senti dor, mas, quando me lembrei de meus cabelos soltos nos ombros, no ateliê, senti também algo parecido com prazer.

Depois, de volta à Esquina dos Papistas, me lavei com vinagre.

Fui olhar para o quadro e ele tinha acrescentado um cacho saindo do turbante azul, ao lado do meu olho esquerdo.

Na outra vez que posei para ele, não falou no brinco. Não me entregou, como eu temia, nem mudou a pose, nem parou de pintar.

Também não foi mais ao quarto de despejo ver meu cabelo.

Sentou durante um bom tempo, misturando cores na paleta com sua espátula. Havia vermelho e ocre, mas a tinta que ele misturava era mais branca; juntou pinceladas de preto, usando as duas lenta e cuidadosamente, com a lâmina prateada da espátula faiscando no quadro cinza.

— Senhor? — chamei.

Ele me olhou, com a espátula parada no ar.

— Vi o senhor às vezes pintar sem que a modelo ficasse aqui posando. Não poderia pintar o brinco sem que eu precisasse usar?

A espátula continuou parada. — Gostaria que eu imaginasse você com a pérola e pintasse o que imaginasse?

— Sim, senhor.

Ele olhou para o quadro, mexendo a espátula outra vez. Acho que deu uma risadinha. — Quero ver você de brinco.

— Mas o senhor sabe o que vai acontecer depois, senhor.

— Sei que o quadro vai ficar pronto.

O senhor vai me destruir, pensei. Mais uma vez, não consegui dizer aquilo. — O que a sua esposa vai dizer quando vir o quadro pronto? — perguntei, tão ousada quanto temia.

— Não vai ver. Vou entregar direto para van Ruijven. — Foi a primeira vez que ele admitiu estar me pintando em segredo e que Catharina não aprovaria.

— Basta você usar uma vez só — disse ele, como se quisesse me acalmar. — Na próxima vez que você posar, vou trazer. Semana que vem. Catharina não vai sentir falta dele por uma tarde.

— Mas senhor, minha orelha não é furada — avisei.

Ele franziu o cenho, mas só um pouco: — Bom, então você vai ter que cuidar disso. — Aquilo era, claro, um detalhe feminino, nada que ele precisasse se preocupar. Bateu a espátula e limpou-a num retalho. — Vamos começar. Abaixe o queixo um pouquinho. — Olhou para mim. — Umedeça os lábios, Griet.

Umedeci.

— Solte a boca.

Fiquei tão espantada com o pedido que minha boca abriu sozinha. Contive as lágrimas. Mulheres honradas não ficavam de boca aberta nos quadros.

Era como se ele tivesse ido ao beco com Pieter e eu.

O senhor me destruiu, pensei. Umedeci os lábios outra vez.

— Muito bom — disse ele.

Não queria fazer aquilo sozinha. Não por medo de dor, mas não queria enfiar uma agulha na minha orelha.

Se pudesse escolher alguém para fazer, seria minha mãe. Mas ela jamais entenderia, nem concordaria em fazer sem saber por quê. E, se soubesse, ficaria horrorizada.

Eu não podia pedir a Tanneke, nem a Maertge.

Pensei em pedir a Maria Thins. Talvez ainda não soubesse do brinco, mas logo saberia. Eu não conseguia pedir que participasse da minha humilhação.

A única pessoa que podia fazer e entender era Frans. Na tarde seguinte, dei uma escapada, levando a caixa de costura que Maria Thins me dera. Na porta da fábrica, a mulher mal-humorada sorriu, irônica, quando pedi para chamar Frans.

— Ele foi embora faz muito tempo, felizmente — respondeu, destacando as palavras.

— Embora? Para onde?

A mulher fez que não se importava. — Foi para Roterdã, dizem. Depois, sabe-se lá para onde. Talvez vá ganhar dinheiro nos mares, se não morrer no meio das pernas de alguma puta de Roterdã. — Essas palavras amargas fizeram com que eu a olhasse com mais atenção. Estava carregando um filho na barriga.

Cornélia não sabia que um dia teria razão para quebrar o azulejo de Frans e me quebrar também, pois ele se separaria de mim e da família. Será que um dia o veria?, pensei. E o que meus pais iriam dizer? Senti-me mais só do que nunca.

No dia seguinte, parei no boticário na volta das barracas de peixe. Ele já me conhecia, até me cumprimentava pelo nome. — E o que ele quer hoje? Telas? Escarlate? Ocre? Óleo de linhaça?

— Ele não precisa de nada, nem minha patroa. Vim — parei, nervosa. Por um instante, pensei em pedir para ele furar minha orelha. Parecia um homem discreto, que podia fazer aquilo sem contar para ninguém, nem perguntar por quê.

Mas não podia pedir uma coisa daquelas para um estranho. — Preciso de alguma coisa para amortecer a pele — pedi.

— Amortecer a pele?

— Isso, como o gelo faz.

— Para que vai amortecer a pele?

Não respondi, fiquei prestando atenção nas garrafas nas prateleiras atrás dele.

— Óleo de cravo — disse ele, finalmente, com um suspiro. Pegou um frasco atrás na prateleira. — Esfregue um pouco no lugar e deixe por alguns minutos. O efeito é rápido.

— Gostaria de levar uma quantidade, por favor.

— E quem vai pagar? Seu patrão? É bem caro, sabe? Vem de longe — falava num misto de desaprovação e curiosidade.

— Eu pago, quero só um pouco. — Peguei um saquinho no bolso do avental e contei os preciosos tostões sobre a mesa. Um frasco daquilo custava dois dias de trabalho. Eu tinha comigo um dinheiro emprestado de Tanneke, prometendo pagar quando recebesse, que seria no domingo.

No mesmo domingo, entreguei meu salário reduzido para minha mãe e expliquei que havia quebrado um espelho de mão e tivera de pagar.

— Vai custar mais de dois dias de trabalho — ralhou ela. — O que você estava fazendo, se olhando num espelho? Que descuidada.

— É verdade, ando bem descuidada — concordei.

Esperei até tarde, quando tinha certeza de que todos na casa dormiam. Embora ninguém costumasse ir ao ateliê depois de trancado, eu ainda tive medo de que alguém me visse com uma agulha, um espelho e óleo de cravo. Encostei na porta trancada, escutando. Ouvi Catharina andar de um lado para outro no corredor lá embaixo. Ela estava com dificuldade para dormir: o corpo tinha ficado muito desajeitado para achar uma posição confortável. Depois, ouvi a voz de uma criança, uma menina, tentando falar baixo, mas sem conseguir esconder o timbre agudo. Cornélia estava com a mãe. Não consegui escutar o que diziam e, como estava trancada no ateliê, não podia ir de mansinho até o alto da escada para ouvir mais de perto.

Maria Thins também estava andando nos aposentos dela, ao lado da despensa. Era uma casa que não sossegava e que me deixava agitada. Fui sentar na minha cadeira de cabeça-de-leão para esperar. Não estava com sono. Nunca estivera tão desperta.

Finalmente, Catharina e Cornélia voltaram para a cama e Maria Thins parou de andar no quarto ao lado. A casa foi se acalmando e continuei na minha cadeira. Era mais fácil sentar lá do que fazer o que eu precisava. Quando não dava mais para esperar, levantei e dei uma olhada no quadro. Só o que consegui ver naquela hora foi o grande buraco onde o brinco iria ficar e que eu teria de preencher.

Peguei minha vela, achei o espelho no quarto de despejo e subi para o sótão. Encostei o espelho na parede da mesa de moer e coloquei a vela ao lado. Peguei minha caixa de costura, escolhi a agulha mais fina e coloquei a ponta na chama da vela. Depois, abri a garrafa de óleo de cravo esperando sentir um cheiro ruim de mofo ou folhas podres, como costumavam cheirar os remédios. Mas era um aroma doce e estranho, como bolos de mel deixados ao sol. Vinha de longe, de lugares onde Frans deveria ir com seus navios. Pinguei algumas gotas num retalho e apertei no lóbulo esquerdo. O boticário estava certo: quando toquei o lóbulo alguns minutos depois, estava como se eu tivesse ficado no frio do inverno sem enrolar um xale nas orelhas.

Tirei a agulha da chama e deixei a ponta brilhante e vermelha mudar para laranja, depois preto. Quando me inclinei no espelho, olhei meu rosto um instante. À luz da vela, meus olhos estavam rasos d'água, brilhando de medo.

Rápido, pensei. Não adianta adiar.

Estiquei bem o lóbulo e, num só gesto, enfiei a agulha na carne.

Sempre quis usar pérolas, pensei, antes de desmaiar.

Toda noite, eu esfregava a orelha esquerda e enfiava nela uma agulha um pouco maior para manter o furo aberto. Não doía muito até que o lóbulo inflamou e começou a purgar. Aí, por mais óleo de cravo que eu pusesse, pingavam lágrimas quando enfiava a agulha. Eu não sabia como iria colocar o brinco sem desmaiar outra vez.

Fiquei contente por usar a touca cobrindo toda a cabeça, assim ninguém viu a orelha vermelha e inchada. Ela latejava quando eu me debruçava sobre a roupa fervendo, quando moía as tintas, quando sentava na igreja com Pieter e meus pais.

Estava latejando na manhã em que van Ruijven me pegou dependurando lençóis no pátio e tentou puxar minha camisa e ver meus seios.

— Você não devia lutar comigo, minha menina — disse ele, enquanto eu me afastava. — Vai gostar mais se não lutar. E sabe que vou ter você de qualquer jeito, quando receber o quadro. — Ele me empurrou contra a parede e colocou a boca no meu colo, puxando meios seios para tirá-los do vestido.

— Tanneke! — gritei, desesperada, esperando em vão que ela voltasse antes do padeiro.

— O que estão fazendo? — alguém perguntou.

Cornélia estava olhando da porta. Nunca pensei que ficaria feliz em vê-la.

Van Ruijven levantou a cabeça e deu um passo atrás. — Estamos fazendo uma brincadeira, cara menina — respondeu ele, sorrindo. — Uma brincadeirinha. Você também vai brincar quando crescer. — Ele apertou o casaco, passou por ela e entrou na casa.

Não consegui olhar para Cornélia. Enfiei minha camisa para dentro do vestido e alisei o vestido com as mãos trêmulas. Quando finalmente levantei os olhos, ela havia ido embora.

Na manhã em que fiz dezoito anos, levantei e limpei o ateliê, como sempre. O quadro do concerto estava pronto: dentro de poucos dias, van Ruijven viria vê-lo e levá-lo. Embora não precisasse mais, eu ainda limpava a parte do ateliê onde estava montada a cena com cuidado, tirando o pó da espineta, do violino, da viola de gamba, passando um pano úmido na toalha de lã, polindo as cadeiras, esfregando os ladrilhos cinzentos e brancos.

Não gostei tanto daquele quadro quanto dos outros. Embora fosse mais valioso com três figuras, preferia os quadros que ele pintara de mulheres solitárias: eram mais puros, menos complicados. Descobri que não gostava de olhar para o quadro do concerto por muito tempo ou de imaginar o que as pessoas deveriam estar pensando dele.

Imaginava o que ele pintaria a seguir.

Desci, coloquei água para esquentar e perguntei a Tanneke o que ela queria do açougueiro. Estava varrendo os degraus e os ladrilhos da frente da casa. — Costelas de boi —

respondeu, apoiando-se na vassoura. — Por que não comer uma coisa gostosa? — Esfregou as costas e resmungou. — Assim não penso nas minhas dores.

— Está com problema nas costas outra vez? — tentei parecer solidária, mas ela estava sempre com aquela dor. As costas de uma criada sempre doem. Faz parte da vida da criada.

Maertge foi comigo ao Mercado de Carne e gostei: desde aquela noite no beco, eu ficava sem jeito de ficar a sós com Pieter, o filho. Não sabia como ele iria me tratar. Se estivesse com Maertge, ele seria obrigado a tomar cuidado com o que diria ou faria.

Pieter, o filho, não estava na barraca, só o pai, que sorriu para mim: — Ah, a aniversariante! Um dia importante para você — saudou ele.

Maertge me olhou espantada. Eu não tinha dito à família que era meu aniversário, não havia motivo para dizer.

— Não tem nada de importante — respondi.

— Não foi isso que meu filho disse. Ele deu uma saída, foi falar com uma pessoa. — Pieter, o pai, piscou para mim e meu sangue gelou. Estava dizendo sem dizer, algo que eu sabia o que era.

— A melhor costela de boi que você tiver — mandei, resolvendo ignorá-lo.

— Para comemorar, não? — Pieter, o pai, jamais largava um assunto, insistia o quanto dava.

Não respondi. Aguardei que me servisse, coloquei a carne na sacola e fui embora.

— É seu aniversário mesmo, Griet? — perguntou baixinho Maertge quando saímos do Mercado.

— É.

— Quantos anos você faz?

— Dezoito.

— Por que essa idade é tão importante?

— Não é. Você não deve dar atenção ao que ele diz, é um bobo.

Maertge não parecia ter acreditado. E não acreditou. As palavras de Pieter, o pai, ficaram na cabeça dela.

Trabalhei a manhã toda molhando e fervendo roupas. Pensei em muitas coisas enquanto fiquei ao lado da tina de água fervendo: onde estaria Frans, se meus pais saberiam que ele tinha ido embora de Delft. O que Pieter, o pai, queria dizer com aquilo, onde Pieter, o filho, estava. Pensei na noite no beco, no quadro que ele estava pintando, quando ficaria pronto, o que aconteceria comigo então. Durante todo esse tempo, minha orelha latejava e doía só de mexer a cabeça.

Maria Thins me chamou. Disse, atrás de mim:

— Deixe a roupa, menina. Ele quer que você suba para o ateliê. — Estava na porta, segurando alguma coisa na mão.

Fiquei confusa. — Agora, madame?

— É, agora. Não se faça de rogada comigo, menina. Sabe do que estou falando. Catharina saiu esta manhã e agora não sai muito, a hora dela está chegando. Então, pegue isso.

Sequei a mão no avental e a estendi. Maria Thins colocou um par de brincos de pérolas na minha mão.

— Leve lá para cima. Rápido.

Não consegui me mexer. Segurava duas pérolas do tamanho de avelãs, em formato de gota d'água. Eram cinzentas com um tom prateado, mesmo sob o sol, exceto num ponto bem branco. Já tinha segurado pérolas antes, quando as levara para a esposa de van Ruijven e amarrara-as no pescoço dela ou arrumara-as na mesa. Mas nunca tinha usado uma.

— Vá, menina. Catharina pode voltar antes — Maria Thins rugiu, impaciente.

Fui pelo corredor afora, deixando a roupa sem torcer.

Subi a escada sob as vistas de Tanneke, que trazia água do canal, Aleydis e Cornélia, que jogavam bola de gude no corredor. Todas me olharam.

— Onde vai? — perguntou Aleydis, com os olhos cinzentos brilhando de curiosidade.

— Ao sótão — respondi, calma.

— Podemos ir também? — perguntou Cornélia, com voz sarcástica.

— Não.

— Meninas, você estão no meio do caminho — Tanneke, enfezada, passou por elas.

A porta do ateliê estava escancarada. Entrei, apertando os lábios, revirando-me por dentro. Fechei a porta.

Ele estava me aguardando. Estendi a mão e coloquei os brincos na mão dele.

Sorriu. — Vá prender o cabelo.

Arrumei o turbante no quarto de despejo. Ele não foi olhar meus cabelos. Na volta, dei uma olhada no quadro *A alcoviteira*, na parede. O homem sorria para a moça como se apalpasse peras no mercado para ver se estavam maduras. Tive um calafrio.

Ele estava segurando um brinco pelo fecho. O brinco captava a luz da janela, refletindo-a num pequeno ponto bem branco.

— Aqui está, Griet. — Entregou a pérola.

— Griet, Griet! Tem alguém aqui procurando você! — Maertge chamava da escada, lá embaixo.

Fui à janela. Ele se aproximou e olhamos para a rua ao mesmo tempo.

Pieter, o filho, estava no meio da rua de braços cruzados. Olhou para cima e nos viu juntos na janela. — Desça, Griet. Preciso falar com você — disse. Parecia que jamais tiraria os pés dali.

Afastei-me da janela. — Desculpe, senhor. Não vou demorar — falei, baixinho. Corri para o quarto de despejo, tirei os panos da cabeça e coloquei minha touca. Ele continuava na janela, de costas para mim, quando passei pelo ateliê.

As meninas estavam todas sentadas no banco, olhando para Pieter, que, por sua vez, olhava para elas.

— Vamos ali na esquina — falei, baixinho, indo na direção da Molenpoort. Pieter continuou parado, de braços cruzados.

— O que você tinha na cabeça? — perguntou.

Parei e olhei para trás: — Minha touca.

— Não, era azul e amarelo.

Cinco pares de olhos nos examinavam: as meninas no banco e ele na janela. Tanneke apareceu na porta e somou seis pares.

— Por favor, Pieter. Vamos andar — pedi, baixinho.

— Posso falar na frente de todos. Não tenho nada a esconder. — Jogou a cabeça para trás, os cachos louros caindo em torno das orelhas.

Percebi que ele não ia ficar quieto, diria o que eu receava na frente de todos.

Pieter não levantou a voz, mas nós todos ouvimos o que disse: — Falei com seu pai hoje de manhã e ele concordou com o nosso casamento, agora que você tem dezoito anos. Você pode sair dessa casa e vir comigo. Hoje mesmo.

Senti o rosto em fogo, fosse de raiva ou vergonha, não sei. Todos aguardavam que eu falasse.

Respirei fundo. — Aqui não é lugar para falar nessas coisas — respondi, brava. — Na rua, não, foi bobagem sua vir aqui. — Não esperei a resposta dele e quando virei para entrar em casa ele parecia ofendido.

— Griet ! — chamou.

Passei ao lado de Tanneke, que falou tão baixo que não tive certeza se ouvi direito: — Rameira.

Subi a escada para o ateliê. Ele continuava na janela quando fechei a porta. — Desculpe, senhor, vou mudar a touca.

Ele não se virou, dizendo apenas: — Ele continua lá — avisou.

Quando voltei, fui até a janela, mas fiquei meio de longe para Pieter não me ver outra vez com o turbante azul e amarelo.

Meu patrão não olhava mais para a rua, mas para a torre da Nova Igreja. Dei uma olhada: Pieter tinha ido embora.

Tomei meu lugar na cadeira de cabeça-de-leão.

Finalmente, ele voltou a me olhar, mas seus olhos estavam dissimulados. Mais do que nunca, eu não sabia o que ele estava pensando.

— Quer dizer que você vai nos deixar — disse.

— Ah, senhor, não sei. Não dê atenção a palavras ditas no meio da rua, como aquelas.

— Vai se casar com ele?

— Por favor, não pergunte.

— Talvez eu não devesse mesmo. Vamos começar outra vez. — Abriu o armário atrás dele, pegou um brinco e me entregou.

— Quero que o senhor o coloque. — Não pensei que pudesse ser tão ousada.

Nem ele. Levantou as sobrancelhas e abriu a boca para dizer alguma coisa, mas não disse.

Aproximou-se da minha cadeira. Meu maxilar endureceu, mas consegui manter a cabeça firme. Ele tocou gentilmente o lóbulo da minha orelha.

Expirei como se estivesse prendendo a respiração dentro d'água.

Ele apertou o lóbulo machucado com o polegar e o indicador, depois puxou. Com a outra mão, enfiou o brinco no furo e empurrou. Senti uma dor parecida com fogo e meus olhos ficaram marejados.

Ele não tirou a mão. Seus dedos tocaram no meu pescoço e no maxilar. Ele percorreu o lado do meu rosto até os olhos e tirou com o polegar as lágrimas que escorriam dos meus olhos. Passou o polegar no meu lábio inferior. Lambi a lágrima e senti gosto de sal.

Fechei os olhos e ele tirou a mão. Quando abri de novo, ele estava no cavalete, com a paleta na mão.

Sentei na minha cadeira e olhei para ele por cima do ombro. Minha orelha estava queimando, a pérola pesava no lóbulo. Não conseguia pensar em outra coisa senão nos dedos dele no meu pescoço, o dedo nos meus lábios.

Ele me olhava, mas não começou a pintar. Imaginei o que pensava.

Finalmente, achou alguma coisa no armário atrás dele. — Você tem que usar os dois brincos — avisou, pegando o outro e me entregando.

Por um instante, não consegui falar. Queria que ele pensasse em mim, não no quadro.

— Por quê? Não vai aparecer — falei, finalmente.

— Tem que usar os dois, é uma farsa usar só um — insistiu ele.

— Mas a minha outra orelha não está furada — balbuciei.

— Então, você precisa furar. — Continuou insistindo.

Peguei o brinco. Fiz isso por ele. Achei a agulha e o óleo de cravo e furei a outra orelha. Não gritei, não desmaiei, não dei um gemido. Depois, sentei a manhã inteira e ele pintou o brinco que via e eu senti, ardendo como fogo na minha outra orelha, a pérola que ele não podia ver.

As roupas enxaguando na lavanderia esfriavam, e a água ficava cinza. Tanneke batia pratos e panelas na cozinha, as meninas berravam e nós dois atrás de nossa porta fechada, sentados, olhando um para o outro. Ele pintava.

Quando, finalmente, largou o pincel e a paleta, não mudei de posição, embora meus olhos doessem por ficar de lado durante tantas horas. Eu não queria me mexer.

— Terminado — disse ele, com a voz contida. Virou-se e começou a limpar sua espátula com um retalho. Olhei a espátula: tinha tinta branca.

— Tire os brincos e devolva para Maria Thins quando descer — disse.

Comecei a chorar em silêncio. Sem olhar para ele, entrei no quarto de despejo e tirei o turbante azul e amarelo. Esperei um instante, com os cabelos espalhados nos ombros, mas ele não veio. O quadro estava pronto, ele não me queria mais.

Olhei meu rosto no espelhinho e tirei os brincos. Os dois furos nas minhas orelhas estavam sangrando. Apertei-os com um pano, prendi meu cabelo para cima e cobri as orelhas com a touca, deixando as pontas caindo abaixo do queixo.

Quando saí, ele já tinha ido embora. Deixou a porta do ateliê aberta para mim. Por um instante, pensei em olhar o quadro para ver o que ele havia pintado, para vê-lo terminado, com o brinco. Resolvi esperar até a noite, quando poderia olhar sem me preocupar com a chegada de alguém.

Passei pelo ateliê e fechei a porta.

Sempre me arrependi disso. Não vi o quadro pronto.

Catharina voltou poucos minutos depois que entreguei os brincos para Maria Thins, que imediatamente os guardou na caixa de jóias. Corri até a cozinha para ajudar Tanneke a preparar o almoço. Ela não me olhou de frente, só de soslaio, e de vez em quando balançava a cabeça.

Ele não veio almoçar: saiu. Depois que tiramos a mesa, voltei para o pátio para terminar de enxaguar a roupa. Tive de pegar água fresca e esquentar de novo. Enquanto eu trabalhava, Catharina dormia no grande cômodo. Maria Thins fumava seu cachimbo e escrevia cartas no quarto da Crucificação. Tanneke costurava, sentada na porta da frente. Maertge, inclinada sobre o banco, fazia renda. Ao lado dela, Aleydis e Lisbeth espalhavam a coleção de conchas.

Não vi Cornélia.

Estava dependurando um avental quando ouvi Maria Thins perguntar: — Aonde você vai? — Foi o tom da voz, mais do que a pergunta, que me fez parar. Ela parecia nervosa.

De mansinho, fui até o corredor. Maria Thins estava ao pé da escada, olhando para cima. Tanneke estava na porta da casa, como fizera mais cedo naquele dia, mas olhava para dentro e seguia o olhar da patroa dela. Ouvi a escada ranger e alguém respirando pesado. Catharina estava subindo a escada.

Naquele instante, sabia o que ia acontecer: para ela, para ele, para mim.

Cornélia está lá, pensei. Levou a mãe para ver o quadro.

Eu poderia ter evitado o inferno da espera. Poderia ter ido embora, saído pela porta sem terminar a roupa e sem olhar para trás. Mas não conseguia me mexer. Fiquei gelada, como Maria Thins ao pé da escada. Ela também sabia o que ia acontecer e não podia evitar.

Desmontei no chão. Maria Thins me viu e não disse nada. Continuava olhando para cima, insegura. A escada parou de ranger e ouvimos o passo pesado de Catharina rumo à porta do ateliê. Maria Thins lançava olhares para o alto da escada. Eu continuava no chão, sentada sobre as pernas dobradas, cansada demais para levantar. Tanneke bloqueava a luz da porta da frente. Olhava para mim, braços cruzados, sem expressão.

Pouco depois, um grito de raiva e vozes altas que logo diminuíram.

Cornélia avisou Tanneke da escada: — Mamãe quer que papai venha para casa.

Tanneke saiu e virou-se para o banco: — Maertge, vá buscar seu pai na guilda, rápido. Diga que é importante — mandou ela.

Cornélia olhou em volta. Ao me ver, seu rosto se iluminou. Levantei do chão e fui direto para o pátio. Não podia fazer nada senão estender roupa e aguardar.

Ele voltou. Passou por minha cabeça que podia vir me encontrar no pátio, escondida no meio dos lençóis estendidos. Mas não: ouvi-o na escada e, depois, silêncio.

Encostei-me nos tijolos mornos da parede e olhei para cima. Era um dia claro, sem nuvens, o céu de um azul acintoso. Era o tipo do dia em que as crianças corriam, alegres, pelas ruas, os casais passeavam pelos portões da cidade, passavam pelos moinhos de vento e à margem dos canais, e as velhinhas sentavam ao sol, de olhos fechados. Meu pai devia estar no banco em frente de casa, com o rosto virado para o calor. No dia seguinte podia fazer muito frio, mas por enquanto era primavera.

Mandaram Cornélia me chamar. Quando ela apareceu no meio das roupas dependuradas e olhou para mim com um riso cruel, tive vontade de lhe dar um tapa como naquele primeiro dia na casa. Não dei: apenas fiquei com as mãos no colo, os ombros caídos, assistindo-a demonstrar sua alegria. O sol dava toques de ouro em seu cabelo ruivo, herança da mãe.

— Querem que você suba — avisou ela, séria. Virou-se e voltou para dentro da casa.

Abaixei-me e tirei a poeira dos sapatos. Depois, arrumei a saia, alisei o avental, estiquei as pontas da minha touca e conferi se não havia cabelo saindo da touca. Umedeci os lábios e apertei-os, respirei fundo e fui atrás de Cornélia.

Catharina tinha chorado: estava com o nariz vermelho, os olhos inchados. Estava sentada na cadeira que ele costumava usar, junto ao cavalete, e que fora encostada na parede do armário que guardava os pincéis e a espátula. Quando apareci, ela se levantou com esforço para ficar alta e forte. Olhou para mim, sem dizer nada. Apertava a barriga e tremia.

Maria Thins estava ao lado do cavalete, séria, mas também impaciente, como se tivesse coisas mais importantes a fazer.

Ele ficou ao lado da esposa, sem demonstrar qualquer expressão, as mãos caídas, os olhos no quadro. Esperava que alguém falasse: Catharina, Maria Thins ou eu.

Fiquei bem na porta, Cornélia atrás de mim. De onde estava não conseguia ver o quadro.

Finalmente, Maria Thins falou.

— Bem, menina, minha filha quer saber como você usou os brincos dela. — Disse isso como se não esperasse resposta.

Olhei bem para aquela cara velha. Ela não ia dizer que me ajudara a pegar os brincos. Nem ele, com certeza. Eu não sabia o que dizer. Então, não disse nada.

— Você roubou a chave da minha caixa de jóias e pegou os brincos? — Catharina falava como se estivesse tentando se convencer do que dizia. A voz tremia.

— Não, madame. — Embora eu soubesse que seria mais fácil para todos se eu concordasse, não podia mentir para mim mesma.

— Não minta. Criadas estão sempre roubando. Você pegou os meus brincos!

— Eles não estão no lugar, madame?

Por um instante, Catharina pareceu confusa, tanto por eu perguntar quanto pela pergunta. Ela obviamente não tinha olhado na caixa de jóias desde que vira o quadro. Não tinha a menor idéia se os brincos estavam lá ou não. Mas não gostou que eu perguntasse. — Quieta, ladra. Você vai ser jogada na prisão e não verá o sol durante anos — ameaçou, estremecendo outra vez. Havia alguma coisa de errado com ela.

— Mas, madame...

— Catharina, você não deve se exaltar — lembrou ele, interrompendo o que eu ia dizer. — Van Ruijven virá buscar o quadro assim que secar e você pode esquecer essa história.

Ele também não queria que eu falasse. Parecia que ninguém queria. Fiquei pensando por que me haviam chamado, se tinham tanto medo do que eu poderia dizer.

Poderia dizer: "E o jeito que ele ficou me olhando durante horas enquanto pintava o quadro?" Ou então: "E a sua mãe e o seu marido, que agiram pelas costas e enganaram a senhora?"

Ou dizer apenas: "Seu marido tocou em mim, aqui, nesta sala."

Eles não sabiam o que eu poderia dizer.

Catharina não era idiota. Ela sabia que o verdadeiro problema não eram os brincos. Gostaria que fossem, tentou fazer com que fossem, mas foi impossível. Virou-se para o marido e perguntou: — Por que você nunca me pintou?

Eles se olharam e percebi, engraçado, que ela era mais alta do que ele, além de mais sólida, digamos assim.

— Você e as crianças não pertencem a este mundo — justificou ele. — Nem devem.

— E ela pertence? — guinchou Catharina, indicando-me com a cabeça.

Ele não respondeu. Gostaria que Maria Thins, Cornélia e eu estivéssemos na cozinha, na sala da Crucificação, no mercado. Aquilo era assunto para marido e mulher discutirem a sós.

— E com os *meus* brincos?

Ele ficou quieto outra vez, o que irritou Catharina mais do que a explicação que dera. Ela começou a balançar a cabeça, e os cachos louros ficavam batendo nas orelhas. — Não vou agüentar isso na minha própria casa — avisou ela. — Não vou! — Olhou em volta, feroz. Quando os olhos dela pararam na espátula, fiquei gelada. Dei um passo adiante na mesma hora em que ela se aproximou do armário e agarrou a espátula. Parei, sem saber o que ela faria a seguir.

Mas ele sabia. Sabia a mulher que tinha. Chegou junto com ela no quadro. Ela foi rápida, ele foi mais: segurou-a pelo pulso enquanto ela punha a lâmina da espátula na direção do quadro. Ele segurou-a antes que a lâmina tocasse no meu olho. De onde estava, podia ver o olho arregalado, uma centelha do brinco que ele tinha pintado e o brilho da lâmina passando na frente do quadro. Catharina lutou, mas ele segurou com força o punho dela, esperando que soltasse a espátula. De repente, ela gemeu, soltou a espátula e segurou a barriga com as duas mãos. A espátula deslizou nos ladrilhos e ficou aos meus pés, girando mais devagar, enquanto nós todos olhávamos. Parou com a lâmina apontada para mim.

Eu tinha de pegar. Era isso que criadas tinham de fazer: pegar as coisas dos patrões e colocá-las de volta no lugar.

Olhei para cima e dei com os olhos dele, fixei aquele olhar cinzento por um longo instante. Sabia que era pela última vez. Não olhei para mais ninguém.

Achei que os olhos dele demonstravam arrependimento.

Não peguei a espátula. Virei as costas, saí do ateliê, desci a escada e passei pela porta, dando um empurrão em Tanneke. Cheguei à rua, sem olhar para as crianças que estavam sentadas no banco, nem para Tanneke que devia estar franzindo o cenho porque eu a empurrara, nem para a janela, onde ele devia estar. Cheguei à rua e corri. Corri pela Oude Langendijck, passei pela ponte e cheguei na Praça do Mercado.

Só ladrões e crianças correm.

Cheguei ao centro da praça e parei no círculo de ladrilhos com a estrela de oito pontas no meio. Cada ponta mostrava uma direção que eu poderia tomar.

Poderia voltar para meus pais.

Poderia encontrar Pieter no Mercado de Carnes e aceitar casar com ele.

Poderia ir à casa de van Ruijven: ele me aceitaria com um sorriso.

Poderia procurar van Leeuwenhoek e pedir que se apiedasse de mim.

Poderia ir para Roterdã procurar Frans.

Poderia andar sozinha para algum lugar bem longe.

Poderia voltar para a Esquina dos Papistas.

Poderia ir à Nova Igreja pedir para Deus me guiar.

Fiquei no círculo, dando voltas e voltas enquanto pensava.

Tomei a decisão que tinha de tomar, coloquei os pés na ponta da estrela e fui para onde indicava, com passo firme.

1676

Quando levantei os olhos e a vi, quase deixei cair a faca. Não a via há dez anos. Estava quase igual, embora tivesse engordado um pouco e, além das marcas de varíola, seu rosto tinha uma mancha do lado: Maertge, que ainda vinha me ver de vez em quando, contara do acidente, o pernil de carneiro que espirrara óleo quente.

Ela nunca soube assar direito.

Estava tão longe que não parecia que vinha falar comigo. Mas eu sabia que não havia essa possibilidade. Durante dez anos ela evitara me encontrar numa cidade que não era grande. Nem uma vez eu a encontrei no mercado, nem no Mercado de Carne, nem à margem dos principais canais. Mas eu também não passava pela Oude Langendijck.

Ela se aproximou, sem jeito, da barraca. Descansei a faca e limpei no avental as mãos manchadas de sangue. — Olá, Tanneke — cumprimentei calmamente, como se a tivesse visto há poucos dias. — Como vai indo?

— A patroa quer falar com você — disse ela, de repente, séria. — É para ir à casa esta tarde.

Há muitos anos ninguém me dava ordens naquele tom. Os fregueses pediam, mas era diferente. Eu podia recusar, se não gostasse do jeito que pediam.

— Como vai Maria Thins? E Catharina?— perguntei, tentando continuar gentil.

— Do jeito que se pode, depois do que aconteceu.

— Espero que consigam resolver tudo.

— Minha patroa precisou vender alguns bens, mas foi esperta nos ajustes. As crianças vão ficar bem. — Como no passado, Tanneke não conseguia evitar de elogiar Maria Thins para quem quisesse ouvir, mesmo sem dar muitos detalhes.

Duas freguesas chegaram e ficaram atrás de Tanneke, aguardando que eu as servisse. Uma parte de mim gostaria que elas não estivessem lá, para eu poder perguntar mais, obter mais detalhes, falar mais sobre tantas coisas. Outra parte de mim (a parte sensata que mantive sempre) não queria nada com ela. Eu não queria ouvi-la.

As freguesas ficaram uma de cada lado, enquanto Tanneke se postou firme na frente da barraca, ainda séria, mas com o rosto menos duro. Estava avaliando as peças de carne na frente dela.

— Quer comprar alguma coisa? — perguntei.

A perguntou fez com que ela saísse de suas considerações:

— Não — resmungou.

Agora eles compravam carne numa barraca no final do Mercado. Assim que comecei a trabalhar com Pieter, eles mudaram de açougueiro, tão de repente que nem pagaram a conta. Ainda nos deviam quinze guinéus. Pieter nunca cobrou. — Foi o preço que paguei por você. Agora sei quanto vale uma criada — dizia ele, às vezes, para me irritar.

Eu não achava graça.

Senti uma mãozinha puxanao meu vestido e olhei para baixo. O pequeno Frans tinha me encontrado e estava agarrado a minha saia. Toquei sua cabecinha, cheia de cachos louros como a do pai. — É você! Onde estão Jan e sua avó?

Ele era muito pequeno para poder me contar, mas vi minha mãe e meu filho mais velho vindo pelo meio das barracas.

Tanneke olhou meus dois filhos, e seu rosto endureceu. Lançou-me um olhar cheio de culpa, mas não disse o que pensava. Deu um passo atrás, pisando o pé da mulher bem atrás dela. — Não deixe de vir esta tarde — disse e foi embora antes que eu pudesse responder.

Eles agora tinham onze filhos: Maertge e as intrigas do mercado me mantiveram a par. Mas Catharina perdera o bebê que tivera no dia do problema com o quadro e a espátula. A criança nascera no ateliê, pois ela não conseguira descer a escada e ir para sua cama. O bebê nasceu um mês antes do tempo, era miúdo e doente. Morreu pouco depois de sua festa de nascimento. Eu sabia que Tanneke me culpou pela morte.

Às vezes, eu imaginava o ateliê com o sangue de Catharina no chão e pensava como ele ainda conseguia trabalhar lá.

Jan correu para encontrar o irmãozinho e levou-o para um canto, onde começaram a chutar um osso.

— Quem era essa mulher? — perguntou minha mãe. Ela nunca tinha visto Tanneke.

— Uma freguesa — respondi. Eu escondia coisas que poderiam preocupá-la. Desde a morte de meu pai, ela ficara arisca como um cão selvagem com tudo o que fosse novo, diferente, mudado.

— Não comprou nada — observou minha mãe.

— Não temos o que ela queria. — Virei para atender a próxima freguesa, antes que minha mãe perguntasse mais.

Pieter e o pai chegaram, carregando uma peça de carne. Colocaram-na sobre a mesa atrás da barraca e pegaram os facões. Jan e o pequeno Frans largaram o osso e correram para ver. Minha mãe se afastou: nunca se acostumara a ver muita carne. — Vou andando — disse, pegando sua sacola de compras.

— Pode ficar com os meninos à tarde? Tenho algumas coisas a fazer na rua — pedi.

— Onde vai?

Levantei as sobrancelhas. Já tinha reclamado que ela perguntava demais. Minha mãe ficara velha e desconfiada, quando não havia do que desconfiar. Mas, nessa época, se tinha alguma coisa para esconder dela, eu me mantinha bem calma. Não respondia.

Com Pieter era mais fácil. Ele apenas levantava os olhos do que estava fazendo e eu fazia um sinal com a cabeça. Há muito tempo ele resolvera não perguntar, embora soubesse que às vezes eu pensava coisas que não dizia. Quando ele tirou minha touca na noite de nosso casamento e viu minha orelha furada, não perguntou.

Os furos sararam faz tempo. Só ficou uma pele dura que sinto quando aperto os lóbulos com os dedos.

Há dois meses eu sabia da notícia. Há dois meses podia andar pelas ruas de Delft sem pensar se iria encontrá-lo. Durante anos eu o vira de vez em quando, de longe, indo ou voltando da guilda, ou perto da hospedaria da mãe, ou indo para a casa de van Leeuwenhoek, que não ficava longe do Mercado de Carne. Nunca me aproximei e não sei se ele algum dia me viu. Passava nas ruas ou pela praça com os olhos bem fixados num lugar distante, não por pose ou intenção, mas como se estivesse num outro mundo.

A princípio, foi bem difícil para mim. Em qualquer lugar que o visse, ficava gelada, meu peito endurecia, não conseguia respirar. Tinha de disfarçar minha reação de Pieter, pai e filho, de minha mãe e das intrigas do mercado.

Por um bom tempo achei que ainda era importante para ele.

Depois me convenci de que ele sempre se interessara mais pelo meu quadro do que por mim.

Ficou mais fácil aceitar isso quando Jan nasceu. Meu filho fez com que me dedicasse à família, como fiz quando pequena, antes de me tornar criada. Ficava tão ocupada com ele que não tinha tempo para olhar em volta ou fora de casa. Com um bebê no colo, parei de dar voltas na estrela de oito pontas na praça e pensar o que estaria no final de cada ponta. Quando via meu antigo patrão na praça, meu coração não se fechava mais como um punho. Eu não pensava mais em pérolas e peles, nem tinha vontade de ver seus quadros.

Às vezes, nas ruas, me encontrava com os outros por acaso: Catharina, as crianças, Maria Thins. Catharina e eu virávamos a cara, era mais fácil. Cornélia me olhava desapontada. Acho que esperava me destruir completamente. Lisbeth se ocupava dos irmãos, que eram muito pequenos para se lembrar de mim. E Aleydis era como o pai: seus olhos cinzentos não se detinham em nada que estivesse próximo. Com o tempo, nasceram mais crianças que não conheci ou conhecia apenas por terem os olhos do pai ou os cabelos da mãe.

De todos, apenas Maria Thins e Maertge gostavam de mim: Maria Thins cumprimentava-me quando me via e Maertge escapulia para o Mercado de Carne para conversar comigo. Foi ela quem trouxe as coisas que eu deixara na casa: o azulejo quebrado, meu livro de orações, minhas golas e toucas. Foi quem me contou, com os anos, da morte da mãe dele e de que precisou tomar conta da hospedaria, contou também do aumento das dívidas da família e do acidente de Tanneke com óleo de cozinha.

Foi ela quem, contente, anunciou um dia: — Papai me

pintou como você. Só o rosto, olhando por cima do ombro. São os únicos quadros que ele fez assim, você sabe.

Mas não foi exatamente igual, pensei. Não exatamente. Mas fiquei espantada por ela saber do quadro. Fiquei pensando se ela o teria visto.

Eu precisava tomar cuidado com ela. Durante muito tempo ela era apenas uma menina e eu não achava certo perguntar muito sobre a família. Tive de esperar pacientemente que contasse as novidades aos poucos. Quando ela chegou à idade de ser mais sincera comigo, eu não estava mais tão interessada na família dela, pois tinha a minha.

Pieter aceitava as visitas dela, mas eu sabia que ficava sem jeito. Ele gostou quando Maertge casou-se com o filho de um comerciante de seda e passou a me encontrar menos, comprando em outro açougueiro.

Dez anos depois, eu estava sendo chamada para ir à casa de onde tinha saído tão de repente.

Dois meses antes, estava fatiando uma língua na barraca, quando ouvi uma freguesa na fila comentar com outra: — Morrer e deixar onze filhos e a viúva com uma dívida dessas.

Levantei os olhos, e a faca deu um corte fundo na minha mão. Não senti a dor até o momento de perguntar: — De quem estão falando? — E a mulher respondeu: — O pintor Vermeer faleceu.

Eu esfregava bem minhas unhas quando terminava o trabalho na barraca. Há muito tempo fazia isso, e Pieter, o pai, achava graça: — Está vendo, você se acostumou com dedos sujos e com as moscas — gostava de dizer. — Agora, conhece o mundo um pouco melhor, vê que não há razão para ter as mãos limpas. Vão se sujar de novo. Limpeza não é tão importante quanto você achava quando era criada, não? — Mas, às vezes, eu amassava folhas de lavanda e punha dentro da minha camisa para disfarçar o cheiro de carne que ficava em mim, mesmo depois de estar longe do Mercado.

Tive de me acostumar com muitas coisas.

Passei a usar um outro vestido, um avental limpo e uma touca engomada. Continuei usando minha touca do mesmo jeito e devia parecer muito com a primeira vez que a colocara para trabalhar de criada. Só que meus olhos já não eram mais tão grandes, nem tão inocentes.

Era fevereiro, mas não estava frio demais. Havia muitas pessoas na Praça do Mercado: nossos fregueses, nossos vizinhos, pessoas que nos conheciam e que notariam minha primeira ida à casa da Oude Langendijck em dez anos. Eu teria de contar a Pieter que tinha ido lá. Não sabia ainda se teria de inventar um motivo.

Atravessei a praça e passei pela ponte sobre o canal que levava à rua. Fui firme, não queria chamar mais atenção das pessoas. Virei rápido e subi a rua. Não era longe, cheguei na casa em meio minuto, mas achei demorado, como se estivesse viajando para uma cidade estranha que não visitava há anos.

O dia estava agradável. Por isso, a porta estava aberta e havia quatro crianças sentadas no banco: dois meninos e duas meninas, na ordem que as irmãs mais velhas tinham ficado dez anos antes, quando cheguei. O mais velho soprava bolhas de sabão, como Maertge tinha feito, embora largasse o brinquedo na hora em que me viu. Parecia ter dez ou onze anos. Concluí que devia ser Franciscus, embora não reconhecesse muitos traços do bebê que conheci. Mas eu não prestava grande atenção em bebês quando era jovem. Só conhecia as outras crianças por vê-las às vezes na cidade com as mais velhas. Todas me olhavam.

Falei com Franciscus: — Por favor, avise sua avó que Griet está aqui para falar com ela.

Ele virou-se para a mais velha das duas meninas: — Beatrix, fale com Maria Thins.

A menina se levantou, obediente, e entrou na casa. Sorri ao me lembrar da briga entre Maertge e Cornélia para avisar que eu chegara, tantos anos antes.

As crianças continuavam me olhando. — Eu sei quem você é — informou Franciscus.

— Não acredito que consiga se lembrar de mim, Franciscus. Você era bebê quando me viu.

Ele não deu importância ao que eu disse, estava acompanhando os próprios pensamentos. — Você é a moça do quadro.

Fiquei espantada e ele riu, vitorioso. — Você é sim, mas no quadro não está de touca, está com um pano azul e amarelo.

— Onde está o quadro?

Ele pareceu surpreso com a pergunta. — Na casa da filha de van Ruijven, claro. Ele faleceu no ano passado, não?

Eu tinha sabido no Mercado e, no fundo, senti um alívio. Ele não me procurou depois que saí da casa, mas sempre temi que aparecesse de novo com seu sorriso meloso e suas mãos bobas.

— Como você viu o quadro, se está em outra casa?

— Papai pediu emprestado um pouco. Um dia depois que ele morreu, mamãe mandou para a filha de van Ruijven — explicou Franciscus.

Arrumei meu manto com as mãos trêmulas. — Ele queria ver o quadro outra vez? — consegui perguntar com uma vozinha.

— Queria, menina. — Era Maria Thins, na porta. — Isso

não ajudou nada, posso lhe garantir. Mas ele estava tão mal que nem Catharina ousava negar nada. — Ela parecia exatamente igual: jamais acabaria. Um dia, ela simplesmente dormiria e não acordaria mais.

Cumprimentei-a com um gesto de cabeça. — Lamento as perdas e problemas, madame.

— Sim, mas a vida é louca. Se você vive muito, não se surpreende com mais nada.

Eu não sabia o que dizer, então disse apenas o que sabia que era verdade. — Queria me ver, madame?

— Não sou eu, é Catharina.

— Catharina? — não consegui tirar a surpresa da voz.

Maria Thins deu um sorriso amargo. — Você nunca aprendeu a guardar o que pensa, não é, menina? Não tem importância, espero que esteja muito bem com seu açougueiro, se ele não exigir muito de você.

Abri a boca para falar e fechei.

— Muito bem, está aprendendo. Mas Catharina e van Leeuwenhoek estão no grande cômodo. Ele é o testamenteiro, sabe.

Eu não sabia. Queria perguntar o que ela queria dizer e por que van Leeuwenhoek estava lá, mas não ousei. — Sim, madame — respondi apenas.

Maria Thins deu uma risadinha. — O maior problema que já tivemos com uma criada — resmungou ela, balançando a cabeça antes de sumir no corredor.

Pisei na entrada da casa. Ainda havia quadros dependurados em todas as paredes, alguns que reconheci, outros não. Eu até que esperava me ver no meio das naturezas-mortas e paisagens, mas claro que não estava lá.

Olhei a escada que levava ao ateliê e parei, meu peito apertou. Entrar outra vez na casa, com o ateliê dele ali em cima, era mais do que pensei que pudesse suportar, mesmo sabendo que ele não estava mais lá. Durante tantos anos não pensei nas horas que passara moendo tintas ao lado dele, sentado à luz das janelas, vendo-o olhar para mim. Pela primeira vez em dois meses, tive certeza de que ele estava morto. Estava morto e não pintaria mais quadros. Eram tão poucos, ouvira dizer que nunca pintara mais rápido, como Maria Thins e Catharina queriam.

Só quando uma menina enfiou a cabeça na porta do quarto da Crucificação foi que me obriguei a respirar fundo e entrar no corredor até onde ela estava. Cornélia agora tinha a idade de quando fui trabalhar de criada. Seu cabelo ruivo tinha escurecido em dez anos e ela estava vestida com simplicidade, sem laços ou tranças. Com o tempo, pareceu-me menos ameaçadora e, na verdade, quase tive pena dela: seu rosto era contraído por uma astúcia feia para uma menina da idade dela.

Fiquei pensando o que seria dela, o que seria deles todos. Apesar da confiança de Tanneke na habilidade da patroa para arrumar as coisas, era uma família grande, com uma dívida grande. Eu soube no mercado que ainda não haviam pago a conta de três anos na padaria e, após a morte do meu patrão, o padeiro ficara com pena de Catharina e aceitara um quadro como pagamento. Por um instante, pensei se Catharina também ia me dar um quadro para acertar a dívida com Pieter.

Cornélia pôs a cabeça para dentro do quarto e entrei no grande cômodo. Não tinha mudado muito desde que eu trabalhara lá. A cama ainda tinha o dossel com cortinas de seda verde, agora desbotadas. O armário de marfim entalhado estava lá, além da mesa, das cadeiras de couro espanhol e dos quadros de parentes dele e dela. Tudo parecia mais velho, mais empoeirado, mais gasto. O piso de ladrilhos vermelhos e marrons estava trincado e falhado.

Van Leeuwenhoek estava de pé, de costas para a porta, segurando as mãos para trás, estudando um quadro de soldados bebendo numa taverna. Virou-se e cumprimentou-me com uma pequena mesura, o mesmo cavalheiro gentil.

Catharina estava sentada à mesa. Não usava luto, como eu imaginava. Não sei se para zombar de mim, estava com o casaco amarelo debruado de arminho, que também tinha um jeito gasto, de muito usado. As mangas tinham consertos malfeitos e o arminho estava roído por traças em várias partes. Mesmo assim, ela estava fazendo seu papel de elegante proprietária da casa. O cabelo estava bem penteado, o rosto, empoado, e usava o colar de pérolas.

Mas não os brincos.

O rosto dela não combinava com a elegância. Nenhuma camada de pó-de-arroz poderia disfarçar sua raiva, sua má vontade, seu medo. Não queria me encontrar: fora obrigada.

— Madame, a senhora queria falar comigo. — Achei melhor me dirigir a ela, embora olhasse para van Leeuwenhoek quando falei.

— Sim — respondeu, sem indicar uma cadeira, como teria feito com outra senhora. Deixou-me de pé.

Fez-se um silêncio estranho: ela sentada e eu de pé, esperando que falasse. Era evidente que ela estava com dificuldade de falar. Van Leeuwenhoek ficava trocando de pé a todo momento.

Não tentei ajudá-la. Parecia não haver como. Suas mãos mexeram em alguns papéis na mesa, passaram pela caixa de jóias, pegaram o pincel de pó-de-arroz e o soltaram de novo. Limpou as mãos num pano branco.

— Sabe que meu marido morreu há dois meses? — começou ela, finalmente.

— Sim, ouvi dizer, madame. Fiquei muito triste. Que Deus o tenha.

Catharina não pareceu ouvir minhas insignificantes palavras. Estava pensando em outra coisa. Pegou o pincel outra vez e passou os dedos pelas cerdas.

— Foi a guerra com a França que nos fez chegar a essa situação. Na época, nem van Ruijven queria comprar quadros e minha mãe teve dificuldadc para receber os aluguéis. E ele precisou pagar a hipoteca da hospedaria da mãe. Então, é claro que as coisas ficaram bem difíceis.

A última coisa que eu esperava de Catharina era que explicasse por que se endividaram. Tive vontade de dizer que, afinal, depois de tanto tempo, quinze florins não eram tanto dinheiro. Pieter esquecera a dívida, não pensava mais nisso. Mas não ousei interrompê-la.

— E também tem as crianças: sabe quantos pães comem onze crianças por dia? — Ela passou os olhos em mim e voltou para o pincel de pó-de-arroz.

Respondi em silêncio que um quadro vale três anos de fornecimento de pães. Um bom quadro para um padeiro solidário.

Ouvi alguém andando no ladrilho do corredor e o farfalhar de um vestido abafado pela mão. É Cornélia, pensei, sempre espionando. Ela também participa do drama.

Esperei, contendo as perguntas que queria fazer.

Van Leeuwenhoek finalmente falou: — Griet, quando há um testamento — começou, com sua voz grave —, deve-se fazer um inventário dos bens da família para avaliá-los em relação às dívidas. Mas há casos particulares que Catharina gostaria de cuidar antes de fazer isso. — Olhou para Catharina, que continuava brincando com o pincel de pó-de-arroz.

Eles ainda não se suportam, pensei. Se pudessem, não ficariam nem na mesma sala.

Van Leeuwenhoek pegou um papel na mesa. — Ele mandou esta carta para mim dez dias antes de morrer — disse e virou-se para Catharina: — Você é que deve fazer isso, pois pertence a você e não a ele ou a mim. Como executante do testamento, eu não precisava estar aqui para assistir, mas ele era meu amigo e gostaria que seu desejo fosse cumprido.

Catharina tirou o papel da mão dele. — Meu marido não era um homem de saúde ruim, você sabe — disse, dirigindo-se a mim. — Só ficou doente um ou dois dias antes de morrer. Ficou atordoado com o tamanho da dívida.

Não consegui imaginar meu patrão atordoado.

Catharina olhou para a carta, depois para van Leeuwenhoek e abriu a caixa de jóias. — Ele pediu para você ficar com isso. — Pegou os brincos e, após um instante de indecisão, colocou-os na mesa.

Senti uma fraqueza e fechei os olhos, tocando no encosto da cadeira para me equilibrar.

— Nunca mais os usei depois daquele dia. Não poderia — disse ela, com amargura.

Abri os olhos. — Não posso ficar com os seus brincos, madame.

— Por que não? Já ficou uma vez. Além do mais, não compete a você resolver. Ele resolveu por você e por mim. Os brincos são seus, pode pegar.

Hesitei e peguei-os. Eram frios e agradáveis ao tato, como eu lembrava, e na sua curva cinza e branca havia um mundo refletido.

Fiquei com eles.

— Pode ir — disse Catharina, com a voz abafada por lágrimas reprimidas. — Fiz o que ele pediu. Não faço mais nada. — Levantou-se, amassou o papel e jogou-o no fogo da lareira. De costas para mim, viu o papel se transformar numa labareda.

Lastimei sinceramente por ela. Embora não me olhasse, despedi-me com respeito, num gesto com a cabeça para ela e depois para van Leeuwenhoek, que sorriu. — Cuide para continuar sendo você — avisou ele, tempos atrás. Fiquei pensando se tinha feito isso. Nem sempre era fácil saber.

Saí rápido e sem barulho, segurando meus brincos, meus pés fazendo os ladrilhos soltos se juntarem. Fechei a porta devagar.

Cornélia estava no corredor. O vestido marrom que usava tinha sido consertado em várias partes e não estava tão limpo como deveria. Quando passei por ela, disse, baixo e voraz: — Você podia me dar os brincos. — Seus olhos gananciosos estavam rindo.

Dei um tapa nela.

Voltei à Praça do Mercado, parei na estrela do centro e olhei para as pérolas na minha mão. Não podia ficar com elas. O que faria? Não podia contar para Pieter como as ganhara, pois teria de explicar tudo que havia acontecido há tanto tempo. Não podia usar os brincos: a esposa de um açougueiro não usava coisas assim, tanto quanto uma criada.

Dei várias voltas na estrela. Depois fui a um lugar que tinha ouvido falar, mas onde nunca tinha ido: ficava espremido numa rua atrás da Nova Igreja. Dez anos antes, eu não teria ido a um lugar daqueles.

O negócio do homem era manter segredos. Sabia que ele não me faria perguntas, nem diria a ninguém que eu havia estado lá. Depois de ver tantas coisas de valor entrarem e saírem dali, não tinha mais vontade de saber a história delas. Colocou os brincos contra a luz, mordeu-os, levou-os até a porta para vê-los melhor.

— Vinte florins — disse.

Aceitei, peguei as moedas que me deu e saí sem olhar para trás.

Sobravam cinco florins que não teria como explicar para Pieter. Separei cinco moedas e apertei-as bem forte. Iria escondê-las em algum lugar em que Pieter e meus filhos não vissem, um lugar que só eu saberia.

Jamais gastaria aquelas moedas.

Pieter ficaria contente com a quantia, a dívida estava saldada. Eu não teria custado nada para ele. Uma criada que se libertara.

AGRADECIMENTOS

Uma das mais úteis e agradáveis fontes sobre o século XVII na Holanda é *The Embarrassment of Riches: An Interpretation of Dutch Culture in the Golden Age*, de Simon Schama (1987). O pouco que se sabe da vida e da família de Vermeer foi amplamente documentado por John Montias em *Vermeer and His Milieu* (1989). O catálogo para a exposição de 1996 de Vermeer tem belas reproduções e análises esclarecedoras sobre os quadros.

Gostaria de agradecer a Philip Steadman, Nicola Costaras, Humphrey Ocean e Joanna Woodall pelas informações a respeito dos diversos aspectos da obra de Vermeer. Mick Bartram, Ora Dresner, Nina Killham, Dale Reynolds e Robert e Angela Royston comentaram os manuscritos de forma útil e incentivadora. Agradeço também a meu agente Jonny Geller e a minha editora Susan Watt por fazerem o que sabem fazer tão bem.